Po drugiej stronie okna - Opowieść o Januszu Korczaku

Anna Czerwińska-Rydel

窓の向こう

ドクトル・コルチャックの生涯

アンナ・チェルヴィンスカ-リデル［著］
田村和子［訳］

石風社

装幀　毛利一枝
カバー・表紙・大扉写真提供
日本ヤヌシュ・コルチャック協会

窓の向こう——ドクトル・コルチャックの生涯 ◉目次

ポーランド広報文化センター
POLISH INSTITUTE

本書は、ポーランド広報文化センターが後援すると共に
出版経費を助成し、刊行されました。

Niniejsza publikacja została wydana pod patronatem
i dzięki finansowemu wsparciu Instytutu Polskiego w Tokio.

窓の向こう——ドクトル・コルチャックの生涯

〝子どもに必要なもの、それは動きまわることと新鮮な空気、そして陽光である。しかし、それだけではない。広い空間を見つめる眼差《まなざ》し、そして自由を感じる気持ちも必要だ。つまり、開け放たれた窓が必要である〟

ヤヌシュ・コルチャック

第一章　ヘンリク・ゴールドシュミット

子どもと魚に物事を決める権利はない

裕福《ゆうふく》な家

これは作り話ではありません。実際にあった物語です。

これは単なるお話ではありません。本当にいた少年についての物語です。

それでは始めましょう。

裕福な家庭がありました……

つまり金持ちの家庭でした。ワルシャワの王宮広場にほど近い、ミョドーヴァ通りに面した家には書《しょ》斎《さい》、客間、食堂、社交部屋、寝室、子ども部屋、そして祖母の部屋の七つもの部屋がありました。各部屋には彫刻がほどこされたビロード張りの家具が置かれ、窓にはすべすべの厚いカーテンがかけられ、床にはふかふかの絨毯《じゅうたん》が敷《し》かれていました。

他にもキッチン、食料貯蔵室、浴室、トイレ、使用人部屋があり、あちこちに小さな腰掛《こしかけ》、形の良い整理ダンス、座り心地の良い肘掛椅子《ひじかけいす》、長椅子、ソファーが置かれていました。また、いたるところに置時計や掛《か》け時計があり、時を刻《きざ》んでいました。今から百三十年以上も前にはまだ電気がゆきわたっていませんでしたから、灯油ランプが使われていました。

この裕福な家には弁護士のユゼフ・ゴールドシュミット氏が妻のツェツィリヤ、娘のアンナ、そして妻の母親のエミリヤと住んでいました。そして、アンナが三歳か四歳になった一八七八年、あるいは一八七九年に弟が生まれました。その子は医者だったおじいさんの名前をもらい、ヘンリクと名づけられました。

ヘーニョ（＊ヘンリクの愛称）はとてもやさしく、物静かで、落ち着いていて、穏やかな子どもでした。そして物思いにふけることの多い子どもでした。子ども部屋で一人遊びが出来るようになると、積み木を引っ張り出し、何時間でも夢中になって組み立てていました。

「積み木遊びばかりをして、飽きないの？」子守りのマリシャは聞きました。

「飽きないよ」ヘーニョはぽつりと答え、遊びを続けました。

「あの子ったら、他のことには全く興味を示さないのよね！」母親のツェツィリヤ夫人は心配しました。

「おばあちゃん、ぼくは積み木で世界を作っているんだよ」ヘンリクはエミリヤおばあさんに打ち明けました。

「お前はまるで哲学者だね」おばあさんはそう言って笑い、孫にやさしい目を向けました。

子守りのマリシャはアーニャ（＊アンナの愛称）とヘーニョがいつも清潔な衣服を身に着けるように、手足や耳をきれいにしておくようにと心がけました。さらに食事を残さないように、肝油《かんゆ》（＊魚の肝臓からとった油）をいやがらずに飲みこむようにと気をつけました。肝油はいやな臭いがしたので、子どもたちは何とかさけようとしたのです。ところがマリシャはいつも見張っていて、アーニャもヘーニョも肝油から逃げることはできませんでした。

「わたしがこの家で働いている限りは、望もうが望むまいが、あなたたちの健康に気を配りますからね」そう言ってマリシャは頑《かたく》な態度で子どもたちにどろどろした黄色い液体が入ったスプーンを渡すのでした。

「ウヒェー、死んだ魚の臭いがする」アーニャは顔をしかめました。

一方、ヘーニョは無言のまま考えました。マリシャさんにも毎日このいやな薬を飲む義務があるのだろうかと。どうして子どもは健康でなければならず、大人はそうでなくてもよいのだろうかと。

お天気が良いと、マリシャはヘーニョとアーニャを連れて軌道馬車（＊線路の上を客を乗せて走る馬車）が行き交う通りを過ぎ、サスキ公園まで散歩に出ました。

「女の子は走っちゃだめよ！」マリシャはアーニャをしかります。「とび上がるんじゃないの！　ちゃんと歩きなさい」ヘーニョにも厳しく注意しました。サスキ公園は子どもたちのお気に入りでした。白鳥が泳ぐ池があり、ミネラルを含んだ飲むことのできる噴水もありました。大きな木が続く並木道にはギリシャ彫刻の像が立っています。マリシャにはお気に入りのベンチがありました。彼女は左右にアーニャとヘーニョをすわらせ、おりこうにしなさい、と言いました。公園の門のわきには守衛が立っていて、貧しい身なりの者が中に入って来ないようにと見張っていました。ヘーニョはマリシャのわきにおとなしく腰を下ろし、門の外を走り回っている子どもたちを羨《うらや》ましそうに見つめました。足をぶらぶらさせながら。

「そんなに見とれるんじゃないの。いっしょに遊べる子たちではないのだから」

「でも、ぼくはあの子たちといっしょに遊ぶことが夢なんだ……」

「ヘンリクには功名心《こうみょうしん》というものがないのかしら」マリシャから息子の夢について聞いた母親のツェツィリヤ夫人は心配しました。「何を食べようが、何を着ようが、同じ階層の子と遊ぼうが、貧乏人と遊ぼうが、あの子はお構《かま》いなしなんだから。自分より年下の子とだって平気で遊ぶのよね」

「間抜《まぬ》けで愚図《ぐず》に育ってしまって！」父親のユゼフ氏はいら立ちました。

「それは違いますよ！」祖母だけはヘーニョをかばってくれました。「あの子は賢くて感じやすい良い子です」

「良い子過ぎるのだ」ユゼフ氏は不満げに言います。「大成《たいせい》するような人間にはなるまい」父は顔を曇らせ、書斎《しょさい》にこもってしまいました。

大事なこと

数日前から雨が降り続いていました。通りは雨水であふれ、木々や草花はびしょびしょに濡《ぬ》れ、地面はぐちゃぐちゃになっています。

「ヘンリク、あなた、窓から何をそんなに見ているの？　もっと大事なことをしたらどうなの」子守りのマリシャは朝からご機嫌斜《きげんなな》めです。

「ぼく、サスキ公園に散歩に行きたいな。公園の様子を見てみたいな」

「散歩ではなくて、何か食べることにしたらどうなの。子どもと魚には物事を決める権利はないわ。雨が降っているのが見えないの？」

「見えてるよ。でも家にじっとしているのがつまらなくて……」

「だから言ってるでしょ、何か大事なことをしなさいって」

マリシャがどうして怒ってるのか、へーニョにはさっぱりわかりません。だって、自分はとても大事なことをしているのですから。窓から外を見ながら、何が起こっているかを考えているのですから。たとえば雨のこと。どうして雨は降るのか？　どこから落ちて来るのか？　こんなにたくさんの水が空にあるって、どういうことなのか？　太陽はどこに隠れたのか？　でもそれ以上、マリシャをいらだたせることはしたくありません。だからヘーニョは口を閉じました。

本ものの男

ヘーニョは怖《こわ》がりでした。暗闇や他所《よそ》の人をひどく怖がりました。母親はいつも言いました。見知らぬ人に近づいてはいけない。なぜなら小さな子どもは怖いおじさんに売られてしまうからと。さらに父親は言いました。知らない人から何かをもらってはいけない。なぜなら何かをもらうと、鼻がもげてしまうからと。道路に落ちている物を拾ってはいけないとも言いました。なぜなら、後で体中に醜《みにく》いしみや吹出物ができるからと。ヘーニョは鼻がもげるのも、吹出物ができるのもいやでした。だから怖かったのです……毎日、鏡を見て鼻がちゃんとついているか、足や手に吹出物ができていないかを確かめました。

ある時、ヘーニョはこっそりとお菓子をつまみ食いし、マリシャに見つかってしまいました。

「神様はあなたにとても腹を立てていますよ」マリシャは厳《きび》しい口調で言いました。

ヘーニョは腹を立てたであろう神様をとても恐れました。

ある日、ヘーニョは椅子《いす》に腰かけ、足をぶらぶらと揺り動かしていました。

「足を揺する者は、悪魔を揺する」マリシャはうなずきながら真面目《まじめ》な顔をして言いました。

ヘーニョは怖くなりました。悪魔というのは、ものすごく恐ろしい怪物であることをいつかマリシャから聞いていたからです。

ある夜のこと、両親は劇場に出かけました。マリシャの所には長い編み上げ靴を履《は》き、帽子をかぶった男の人が来ていました。男の人はキッチンに腰をおろし、大きな声で何かをしゃべっていました。

「もうその人には帰ってもらってよ」ヘーニョは泣きながら言いました。

「よくもまあ、そんなことを?」マリシャは怒りだしました。「すぐに謝《あやま》って、この人の手にキスをなさい」

「いやだ！　いやだ！」ヘーニョは泣き叫びました。

「すぐに謝らないなら、わたしたちは明かりを消してどこかに出かけます。あなたは一人で留守番《るすばん》をするのよ。頭の無い怖いおじさんがやって来て、あなたの口をふさぎ、黒い袋に突っ込んで……」

「ごめんなさい、ごめんなさい！」ヘーニョは体中をふるわせて泣き叫びました。

「男になる時が来たな」父親は言いました。「お前は男にならねばならん。お前を芝居《しばい》に連れて行くぞ」

近くの児童施設でクリスマスを祝う芝居が上演されます。ゴールドシュミット一家はユダヤ人でしたので実際にはカトリック教会には通っていませんでした。しかし、ユゼフ氏はヘーニョがポーランドの文化・習慣にくわしくなってほしいと願っていました。

10歳のヘンリク・ゴールドシュミット（ヘーニョ）
（日本ヤヌシュ・コルチャック協会提供）

親子は出かけました。見知らぬ道を通りました。ヘーニョは自宅からサスキ公園までの道しか知らなかったのです。

「ヘロデ王（＊ローマ帝国初期にユダヤ王国を統治した王様。他人をねたむ心が強く、身内を含む多くの人間を殺害した）と悪魔が出てくる面白い芝居だぞ」

悪魔……ヘーニョが恐れている怪物ではありませんか。

芝居が上演されるホールは縦長で、とても狭く、席はすでに観客で埋まっていました。ヘーニョは父と手をつないで立っていました。

「あなた、一番前の席におすわりなさい」一人の女性がヘーニョに言いました。「そこの方が良く見えるわ」

「ぼくはすわりたくない！　お父さんとここにいる！」ヘンリクは泣きながら父の手を強く握りました。

「ばか者。行ってすわりなさい」ユゼフ氏はどなりました。

謎めいた女性はヘンリクの手を取り、舞台のすぐ前の席へと導きました。ヘーニョはぎょっとし、体を固くしたまま席に着きました。その時、突然カーテンが上がり、巨大な翼の不思議な生き物が飛び出してきました。そのすぐ後ろには悪魔がいます。尻尾と角を持ち、黒い衣装を身に着けた悪魔は熊手《くまで》を振り、笑いながら叫びました。〝さあ、こっちへ来い！　お前を地獄へ連れて行くぞ！〟

ヘーニョは体を震わせ、目を閉じました。

〝お父さんはどこ？〟怖くて後ろを振り向くことさえできず、絶望的になって座席の肘掛《ひじかけ》に捕まり、芝居が終わるのをひたすら待ちました。ついにカーテンが降り、周りに拍手喝采《はくしゅかっさい》がひろがり、子どもたちが席から立ち上がり始めました。

「芝居は気に入ったかね？」父親は聞きました。「お前、汗をかいているではないか。さてと、アイスクリームでも食べに行くとしようか」ユゼフ氏は笑って息子にコートを渡しました。

外は雪が降っていて、冷たい風が吹いていました。でもそんなことは恐怖《きょうふ》を乗り越えたヘーニョにはどうでもいいことでした。本ものの男として父の隣を歩いているのがとても誇らしかったのです。児童施設に襟巻《えりまき》を忘れたことにも気づかないほどでした。

「わたしたちは男だ。勇敢《ゆうかん》であらねばならない」ユゼフ氏はひっきりなしに息子の肩をぽんぽんとたたきました。

夕方、帰宅するとヘーニョの気分は悪くなり、熱が出ました。

「ベッドに寝かせなければ」母親はそう言うと夫に非難《ひなん》のこもった目を向けました。

「そいつを軟弱者《なんじゃくもの》にするな。すぐに良くなるさ」父親は手を振ると、ヘーニョの元に寄りました。

「冷たい手でその子に触《さわ》らないで！」ツェツィリヤ夫人は大きな声を上げました。「高熱を出しているのよ、あなたには分からないの？」

ユゼフ氏は黙って、部屋を出て行きました。ところがドアを出ると振り向き、息子にいわくありげなウインク送ったのです。

〝女どもに囲まれているが、おれたち男はがんばらねばならないぞ〟父の表情はそう語っていました。〝わかったよ〟父のことばと行いのすべてが、良い意味でも悪い意味でも、ヘーニョに強い印象を与えました。手に毛が生えていること、静脈が浮き出ていること、名刺を持っていること、インクが滲《にじ》まないペンを持っていること、時計のねじを回してストップするタイミングを知っていること、鼻の上からずり落ちることなく鼻眼鏡《はなめがね》をかけられること、たくさんの引き出しを持つ机のある執務室《しつむしつ》で葉巻きをふかすこと……〝本ものの男にこわいものなんてない〟ヘーニョはそう思い、眠ろうとします。ところが、窓の外に何か不思議な影が漂い、部屋に入って来そうに思えます。こっちに向かって来そうに思えます。〝ここに入って来て、何をしようとしているのだろう？〟ヘーニョは高熱の頭で考えました。

母がそばに来ました。

「眠ってる？」母は小声で聞きます。

「まだ……」ヘーニョは暗闇の中を忍び寄ってくる怪物のことを母に話すつもりはありません。

「さあ、もうお眠り。子守唄を歌ってあげるから」ツェツィリヤ夫人は口ずさみ始めました。ヘーニョは微笑《ほほえ》みを浮かべます。母の静かで柔らかくて、なめらかな声は窓の外に住むあらゆる怪物を追いはらってくれました。

暗雲

ヘーニョとアーニャの粘り強い説得がうまくいって、ついに父親のユゼフ氏は子ども部屋でカナリヤを飼《か》うことを許してくれました。黄色い小鳥は朝から晩まで歌声を響かせて子どもたちを喜ばせました。

ところがある日、カナリヤは元気をなくし、何も食べなくなってしまいました。毛を逆立《さかだ》て、小枝の上で体を震わせるだけでした。

「たぶん病気になったんだ」ヘーニョは心配そうに言いました。

「どこが悪いのかしら？」アーニャはそう言いながら餌《えさ》を与えました。

数日後、ヘーニョは小枝に止まっているはずのカナリヤが鳥かごの底で脚《あし》を上に向けて横たわっているのを発見しました。

「見て」ヘーニョは姉のアーニャに知らせました。「何か変だよ」

「くたばったんだわ」アーニャは素っ気なく言いました。

「〝くたばった〟って、どういうこと？」ヘーニョはいぶかしげに聞きました。

「死んだってことよ」姉は答えました。

「もう歌わないの？」

「生きていないんだから、もう歌わないわよ」

「どうしたらいい？」

「お葬式をしなきゃ。まずはお棺《かん》を探さなくちゃね」アーニャは真面目くさって言うと、机の引き出しからドロップスの箱を引っ張り出しました。「これ、ちょうどいいんじゃないかしら。あんた、どう思う？」

ヘーニョはこくりとうなずいただけでした。頭の中が真っ白になり、何も考えられなかったのです。

「箱の中に綿を敷《し》いて柔らかくするね。出来たよ。さあ、カナリヤをここに入れてちょうだい」

「ぼくが？」ヘーニョは身震《みぶる》いしました。「どうしてぼくが入れるの？」

「だって、わたしはお棺を用意したじゃない」アーニャはいらだちました。

「それなら、やるよ……」ヘーニョはしぶしぶと同意し、おずおずと鳥をつかむと、綿の上にそっとのせました。

「次は中庭に埋めなくちゃ」アーニャはてきぱきと指示を出しました。「わが家の窓の下に栗の木があるでしょ。その木の下にお墓を作ろう」

二人は中庭に出ると、シャベルで穴を掘り、カナリヤを入れた箱を埋め、土をかぶせました。

「次は？」ヘーニョは聞きました。

「わからない」アーニャはそう答えると、こらえきれずに泣き出しました。

「ここに十字架《じゅうじか》を置いたらどうかな？」ヘーニョは墓地のお墓に十字架があるのを見たことがあります。カナリヤのお墓も同じにしたかったのです。細い棒を探し始めた時、突然、使用人が現れました。

「あなたたち、ここで何をしているの?!」

「カナリヤのお葬式だよ」

「何ですって？　そんなことしたら罪になるよ。鳥は人間ではないの。鳥のために泣くことだって許されないんだよ」

「どうして？」

「どうして、どうしてって、そればかり」使用人は怒りだしました。「決まっていることなの！」そう言うと、彼女は家に戻って行きました。

「カナリヤのために十字架を置くことはできないぞ」突然、ヘーニョとアーニャの背後で大きな声がしました。ヘーニョが振り向くと、そこに守衛の息子が立っていました。

「お前たちのカナリヤはユダヤ人だ」

「それで？」

「それだけさ。お前たちはユダヤ人だからな」

「それじゃ、君は？」

「おれはユダヤ人ではなく、ポーランド人だ」

「わたしたちだってポーランド人よ！」アーニャは大きな声で言いました。

「嘘《うそ》だ。お前たちはユダヤ人だ。おれの父さんはそう言った。父さんは何でも知ってるんだぞ」

「ポーランド人とユダヤ人って、どう違うの？」ヘーニョは小声で聞きました。

「おれたちはイエス様を信じていて、死んだら天国に行く。お前たちは天国ではなく……地獄《じごく》とまでは言わないけど……」守衛の息子は考えこみました。

「でも、お前たちが行く所は暗い所さ。それだけは確かだ」守衛の息子は自信ありげにポンと胸をたたきました。

暗い所が大の苦手のヘーニョの顔は青くなりました。

世界改造計画

ある日、ヘーニョはエミリヤおばあさんに打ち明けました。

「おばあちゃん、ぼく、世界改造計画を考え出したよ」

「そうなの？　どんな計画だい？」

「みんなはお金、お金って言うよね。でも、お金なんていらない。捨ててしまうんだよ。そうすればきたない服装の子もいなくなるし、お腹《なか》を空かせる子もいなくなって、どんな子とでも遊べるようになると思うんだ」

「へえ……面白い考えだね……」エミリヤおばあさんは微笑《ほほえ》みました。「それで捨てたお金はどうなるんだい？」

「無くなるのさ。そしてみんな同じになる。大人も子どもも。お金持ちも貧乏人も。ポーランド人もユダヤ人も」

「どうしてそんなことを思いついたんだい？　だって、わたしたちは同じ人間じゃないか！」

「それは違うよ！　お父さんはいつも言うだろ、子どもと魚には物事を決める権利はないってね。大人はしたいことは何でもできるし、言うこともできる。けれど、子どもは魚と同じで、隅《すみ》っこでじっとしていなければならない、とね」

祖母と孫はしばらく口をつぐみました。それから祖母は言いました。

「それって、ただのことわざのようなもんだよ、へーニョ」

へーニョは考えこみました。

「それじゃどうしてぼくはサスキ公園に入れるのに、きたない服の子は入れないの？　どうしてぼくはその子たちと遊べないの？」

「へーニョは難《むずか》しいことを聞くね……世の中はそういうことになっていて、わたしたちには変えられないんだよ」

「どうしてぼくたちには変えられないの？　それじゃ、誰なら変えられるの？」

「ヘーニョ、お前さんが他人の貧しさや不幸に敏感《びんかん》なのは良いことだ。だが、わたしたちにはどうにもできないことだよ」

「おばあちゃん、一番いいのはお金が無くなることだと思わない？」

「お前さん、面白い子だね。まるで哲学者だよ！」祖母は笑ってヘーニョを抱きしめました。

同じ遊び

夏が終わろうとしていました。まるでお別れを惜《お》しむかのようにワルシャワには強い陽光が射《さ》していました。

「ヘーニョ、お前を遠足に連れて行くぞ」父親のユゼフ氏がとつぜん、言いだしました。

「どこへ？」

「ヴィスワ川対岸だ」

そこへ何をしに行くのか、ヘーニョはあえて聞こうとはしませんでした。父は川の対岸に小さな家を構《かま》えている友人の所に行こうとしていると分かったからです。すでにいっしょにそこに行ったことがありますが、退屈《たいくつ》した思い出しか残っていません。客間のソファーに一日中すわらされ、静かにしているように、邪魔《じゃま》をしないようにと命じられたのです。大人たちには大事な用事があると言い、その用事とはおしゃべりしながらカード遊びをすることでした。〃邪魔《じゃま》だったら、どうして連れていくのだろう、行かなければ良かった〃とへーニョは思ったものでした。

「お父さん、ぼくは行きたくない……」へーニョはおずおずと答えました。

「お前に決める権利はない。決めるのは大人になるまで待つんだな」

川の対岸にはいかだで渡ります。

「これは、これは、ご主人様、ようこそ」へーニョが父親といかだに乗ると、いかだ師は声をかけてきました。

「おや、あなたでしたか?!」ユゼフ氏は驚きました。いかだ師はユゼフ氏の顔見知りでした。「ここで何をしていなさる?」

「わたしはこの川を生活の糧《かて》にしています。砂を採ったり、魚を捕ったり、いかだ師として働いたり。辛いと思うこともありますが……生きて行くためですからね」

「へーニョ、そんなに身を屈《かが》めたら、水の中に落ちてしまうぞ！」突然、父親は大声を上げました。

いかだ師は笑いました。

「あなたの息子さんはわたしの息子のフェレクと同じ年頃《としごろ》ですね！　もしよろしかったら、我が家にお寄りください。朝に捕った魚を妻がフライにしましたので、ごちそうします。フェレクは息子さんの友だちになるでしょう」

「ありがとう。だが、すでに約束がありましてな」

その時、ヘーニョは父の上着の袖口《そでぐち》をつかみました。

「お父さん、お願いです、この人の家に行きましょう」

「ヘーニョ、わたしは何度も言ったではないか、子どもと魚に決める権利はないとな。大人が話し合っている時に口を出すものではない」

「魚を捕っていると、魚が声をかけてくる時もありますよ」いかだ師はヘーニョにいわくありげな目を向け、笑いながら言いました。「あなたがお急ぎなのはわかりますが、老いぼれいかだ師の家に寄って魚を食べるのも悪くはありませんよ」

「わかった」ユゼフ氏は手を振りました。「それではちょっとだけお邪魔《じゃま》しよう」

こうしてヘーニョはいかだ師の息子フェレクと知り合いになりました。そして最初の握手《あくしゅ》で二人は仲良しになりました。フェレクの手は大きく、がさがさしていましたが、とても温かかったのです。黒い目は明るく澄み、率直で友好的な態度でした。驚いたことに、一家は水上の粗末《そまつ》な小屋に住んでいて、中にあるのは上品な家具などではなく、最小限の道具だけでした。それにフェレクには子守りなどはついていないし、調理人も使用人もいなくて、母親が一人で掃除、洗濯、食事作りをこなしていました。

「川に行こう」フェレクはヘーニョを誘いました。「君にでっかい魚を見せてやるから」

「でも……ぼくたち二人だけで？」ヘーニョにとって子どもたちだけで遊ぶのは初めてのことです。

「他に誰と行くのさ？」フェレクは笑いました。

「行っていいかどうか、お父さんに聞いてみなくては」

「それなら聞きなよ。でも魚は待ってくれないから、早くしてな」

ヘーニョはおどおどしながら父のそばに寄りました。

「ヘーニョ、お暇《いとま》するぞ」父は息子が口を開ける前に言いました。

「でも、フェレクに川に行こうって誘《さそ》われたよ」

「だが、われわれはもう出発する時刻《じこく》だ」

「ご主人様、息子さんをここに置いて行かれてはどうです？　わたしの息子と遊びたいのでは……」いかだ師は提案しました。

「ふむ……あなた方に迷惑《めいわく》をかけたくはないですから」

「迷惑だなんて、とんでもない！　どちらの息子も大きいのですから、自分たちで行動しますよ」

「ヘンリク、お前はここに残りたいのか？」ユゼフ氏はヘーニョの顔を覗《のぞ》き込みました。

この質問はヘーニョを飛び上がるほどに驚かせました。こんなことがあるなんて夢にも思わなかったからです。

「はい、お父さん、ぼくは残りたいです！」ヘーニョは大声で答えました。

「それでは行儀《ぎょうぎ》よくしているんだぞ。夕方に迎えに来るからな」ユゼフ氏は息子の背中をぽんぽんとたたき、いかだ師とその妻にあいさつをすると、去って行きました。

ヘーニョは生まれて初めて、見知らぬ場所に一人残されました。

「さあ、川に行こう！」フェレクは大声で声をかけます。

ヴィスワ川は深く、ごうごうと、まるで生きているように音を立てていました。そして様々な魚、コイ、フナ、スズキなどが泳いでいました。川岸ではカエルが跳びはね、水草の間ではアジサシ、シギ、カワセミが飛び回っていました。

「君は〝水切り〟ができるかい」そう言うとフェレクはその遊びに適した小石を手に取りました。

「いや……どんな遊びなの？」

「ぼくがやって見せるから。難《むずか》しくないよ。まずは平ぺったい小石を探しな」

「こんなの？」水に洗われて楕円形《だえんけい》になった小石をヘーニョは地面から拾い上げました。

「うん、それでいい。いいかい、こうやって投げるんだ」フェレクは腕を大きく振って小石を投げると、小石は水に乗り、水面で何回かはね返ってからようやく沈みました。見た？　5回はね返っただろ！回数が多ければ多いほど、いいのさ。今度は君の番だ」

ヘーニョはフェレクの動作を真似《まね》して小石を投げました。ところが小石は大きな音を立ててすぐに沈んでしまいました。

「最初は誰だってそんなもんさ」フェレクは気落ちしているヘーニョに笑って言いました。「もう一回挑戦してごらん。ぼくが投げ方を教えるから。いいかい、こうやって右足を少し前に出すんだ。さあ、投げて！」

ヘーニョは投げました。小石はヒューっと音を立てて飛び、水面で何回もはね返って沈みました。

「8回！　君の勝ちだ！　君がチャンピオンだ！」フェレクは叫ぶと、呆然《ぼうぜん》としているヘーニョの周りを跳びはねました。

このヴィスワ河岸での一日は未来のコルチャック先生にとって、子ども時代の最良の思い出として記《き》憶《おく》に残りました。そしてフェレクは最良の友人になりました。

「フェレク、ぼくたち、仲良しになれると思うかい？」いかだ師の家に戻ってから、ヘンリクは思い切って聞きました。

「もう、とっくの昔に仲良くなったじゃないか！」フェレクは答えました。

「君はポーランド人でぼくはユダヤ人、違っていてもだいじょうぶ？」

「君とぼくは同じ遊びをしたんだよ。違いなんか、ないだろ？」

ヘーニョは笑みを浮かべて空を見上げました。明るい青空でした。

学校は恐ろしい所

ペン習字の授業

「いつまでこいつを甘やかしておくつもりなんだ！」父親のユゼフ氏はどなりました。「ヘンリクには本当の人生を歩ませねばならんぞ！」

「あの子にはまだ早いですよ」エミリヤおばあさんは反対しました。「七歳になったばかりじゃないですか」

「あなた、そんなに意固地《いこじ》にならないでください。まずは家庭教師をつけて家で勉強させてはどうですか？」母親のツェツィリヤ夫人も夫の意見に反対しました。

ユゼフ氏はイライラと部屋の中を歩き始めました。

「もうたくさんだ！　女ばかりの家にいると、あいつは意気地《いくじ》なしになる」ユゼフ氏は拳《こぶし》で机の上をたたきました。「ヘンリクを学校に通わせる！」

こうしてヘーニョは小学校に通うことになりました。まずは制服を買い、ノート、鉛筆、ペン先、ペン軸をそろえなければなりません。ヘーニョは文房具屋で様々な筆記用具を手にとり、匂いまでかいで、うっとりするほど楽しいひと時を過ごしました。

「おばあちゃん、ぼく、学校に行く日が待ちきれないよ！　どんな所だろうね？」ヘーニョはたずねましたが、祖母は口をつぐみました。孫にとって学校が気に入るような所ではないことを祖母は知っていたのです。しかし、孫の喜びをこわしたくはありませんでした。

「ロシヤのひどいやり方には困ったものだね」祖母はため息をつきました。「子どもたちが学校で母国語を学ぶことさえできないとは、何という時代だろう！」

この時代、ポーランドは他国により分割占領されていました。ワルシャワを統治していたのはロシヤ皇帝です。

始業式前日の夜、ユゼフ・ゴールドシュミット氏は息子の部屋に入りました。

「さてと、お前の甘えん坊時代は終わったぞ」父親は言いました。「明日、お前の新しい人生が始まる。規律と従順、そして何よりも学問の人生だ。そして弱虫からまともな人間になるのだぞ」

ヘーニョは寝つくことができませんでした。幸せで胸がドキドキしました。ついに新しい友人たちができるのです！　彼らといっしょに学び、様々な遊びを考えだし、駆けまわり、色々なことを話し合うのです！　ついに子ども部屋を出て子守りと母と父に別れを告げ、祖母に手を振り、鉛筆とノートがつまったランドセルを背負って学校に向かう。そんな自分の姿を想像しました。その先には？　その先にはバラ色の日が待っています。フェレクに似た友人と知り合えるでしょうか？

しかし、それは大きな見こみちがいでした……

「おばあちゃん！」学校から戻ったヘーニョは暗い顔をして祖母に告げました。「学校って恐ろしい所だったよ！　ぼくは絶対に、絶対にもう学校には行かない。先生たちは鞭《むち》で生徒をなぐるんだよ」ヘーニョの声は震《ふる》えていました。「ぼく、こわいよ」ついに泣きだしました。

「くわしく話してごらん。すべてを、順番に」祖母は孫を落ち着かせようとしました。

「ペン習字の先生は一人の生徒をぶったんだ。ぼく、すごくこわかった。だって、次はぼくがぶたれる番だって思ったから。それに、恥ずかしかったよ、おばあちゃん、とても恥ずかしかった……」

「ヘーニョ、何が恥ずかしかったんだい？」

「だって、その子はボタンをはずされ、裸にされてぶたれたんだよ。他の生徒たちの前で。一番前の席の子はそれを見て笑ったよ。他の子たちは笑わなかった。その後で笑った子には〝おべっか使い〟と言うあだ名がつけられた」

「生徒をぶつのはペン習字の教師だけかい？　休み時間はどうだったんだい？　みんなで遊んだのかい？」

「ぼくは遊ばなかった。だってこわかったんだもの。誰かにぶつかってころばせたりすると、先生はそのころばせた子の耳をつかんで、泣き出すまでひねり回すんだ。長い皮ひもで打ちつける先生もいるし、定規《じょうぎ》で生徒の手をたたく先生もいる……」

「そうかい……どうやらもう一度父さんと話しあわなければならないね」祖母はうなずきました。

祖母は執務室《しつむしつ》の娘婿《むすめむこ》に孫から聞いた事を話しました。

「分かってます、分かってますよ！」ユゼフ氏はヘンリクが学校に失望したという話を聞き、いら立ちました。「あいつの泣き虫、甘えん坊、間抜《まぬ》けなことは想像以上だな……」

「間抜けなんて言わないでちょうだい！」エミリヤおばあさんは突然、ユゼフ氏がびくっとするほどに激しく、杖で床を打ちつけました。「ヘーニョは賢い子です。いずれ立派な人間になることでしょう。わたしにはわかっています」

おばあさんはさらに続けました。

「できるだけ早く、学校をやめさせることです。あの子が絶望におちいって、かえってあなたが困難を抱えることになる前にね。そういうことです！」

この問題に妻の母親がこれほど強い態度に出るとは、予想外のことでした。ユゼフ氏は呆気《あっけ》にとられ、正直言って、自らの権威《けんい》を失わないために、どう答えて良いものか、分からないほどでした。

「婿《むこ》のユゼフよ、あなたが賢明な判断をしてくれることは分かっています」エミリヤおばあさんは助け船を出しました。「あなたのことは理解していますからね」

「うーむ……は……いや……」ユゼフ氏は困惑してあごひげをなでました。「わたしの息子を支配することは何人もできないですな」そしてついに答えました。「あいつを殴《なぐ》ったり、打ちつけたりすることは許さない……家庭教師をつけることもできるしな」ユゼフ氏は決断しました。「いずれギムナジウム（＊高等中学校）に入ればいいのだから」

父の病気

ヘーニョの姉のアーニャは数年前から私立女学校で学んでいました。そしてついにヘーニョもギムナジウムで学ぶ時がやってきました。

「おばあちゃん、たぶん、戦場の兵士の方がぼくたちよりもまだましだと思うよ」ヘーニョは祖母にギムナジウムの印象を語りました。「ぼくらはまるで囚人扱いなんだ。それにすべてがロシヤ語で行われ、万一誰かがポーランド語で書いたりしたら、すぐに罰を受けるんだよ！」

「そんな時代なんだねえ……」祖母はため息をつきました。「この隷属《れいぞく》の時代はいつまで続くのやら」

「友だちが言うには、授業の後も気をつけなければならないんだって。通りでポーランド語を話したりしないように。誰かに耳にされたら、密告《みっこく》されるかもしれないからね。ポーランド語を話したりしたら、退学が待っているんだ」

「そんな時代になってしまって……」エミリヤおばあさんはため息をつくばかりでした。

ある時からゴールドシュミット家では不幸が続きました。母は泣くことが多くなり、祖母はいつも悲しそうな顔をしていました。父は不在です。

「おばあちゃん、お父さんはどうしたの？」ヘーニョは事実を知ろうとしました。

「病気になったんだよ」

「どんな病気なの？」

「まだ分からない。医者が検査しているよ」

「それで、お父さんはどうなるの？　どこにいるの？」

「入院していて、良い看護を受けているよ。どんな病気か、いずれはっきりするだろう」

「すぐに帰って来るの？」

「たぶんね……」

しかし、帰って来ることはありませんでした。日々が過ぎ、何週間も、何か月も経《た》ちましたが、父の退院はありませんでした。ヘーニョは母と見舞いに行きました。

トフォルキ（＊ワルシャワ南西にあるプルシュクフ町内の地区名）の精神病院は大きくて白い建物でした。

ヘーニョはその建物を目にした時からぞっとするものを感じました。病院の中では奇妙《きみょう》な姿の者たちが廊下を行きつ戻りつし、お互いにぶつぶつつぶやき合っています。閉じられた病室のドアの向こうからは叫び声、呻《うめ》き声、嘆《なげ》き声が聞こえてきて、ヘーニョはさらにぞっとしました。母は息子の手をつかみ、震えています。

父は大部屋にいました。小さなテーブルに向かって座り、看護師に暗褐色のおかゆを食べさせてもらっていました。ヘーニョは最初はそれが父だとは分かりませんでした。いつも活力にあふれ、決断力に満ち、何をしでかすか分からない所もあった父が、今はおびえた子どものようでした。その目は虚《うつ》ろで表情がありません。首の下には大きなよだれかけのようにスカーフが巻かれ、あごにはおかゆがたれ落ちていました。ツェツィリヤ夫人とヘーニョがそばに寄ると、ユゼフ氏は突然手を振り上げ、その手が看護師に当たって、彼女はスプーンを落としました。

「何をするの!」看護師は声を荒げ、ユゼフ氏の手をたたきました。

「悪い子ね! わたしの清潔な前掛けを汚してしまったじゃないの」

ヘーニョは体中を震わせ、大声で看護師に言いました。

「そんな言い方をしないでください! 父は子どもではありません! お父さん、この人に、出て行けと、言ってやりなさい! お父さん!!!」ヘーニョはそう言いながらユゼフ氏の肩をつかみました。父は状況が理解できないのかただ途方にくれて、手を振り回すだけでした。

「ヘーニョ、お父さんとわたしと二人だけにしてちょうだい」ツェツィリヤ夫人は小声で言いました。「お父さんはそっとしておいてほしいのだから」

ヘーニョは素直に母の言葉に従って病室を出ると、公園になっている病院前のベンチに腰掛けました。息子の心は激しく動揺《どうよう》しました。

大きな変化

ヘンリク（＊ヘーニョの実名）は父の病気を受け入れることができませんでした。心臓とか肺とか、腎臓、あるいは足の病気になったのでしたら、それも不思議はないのです。それが心の病《やまい》？　治療費がかさんで日々の生活も苦しくなってきました。父親の弁護士事務所は閉鎖するしかありませんでした。「どうやって生きて行けばよいやら」ツェツィリヤ夫人は絶望的になって手をもみました。「お金が底をついてしまった……」

祖母は黙ったままです。しばらく前から祖母は値打ちのある品物を家からこっそりと持ち出して、骨《こっ》董店《とうてん》に売っていました。一家は次第に住む家も小さい所に変えてゆきました。まずはミョドーヴァ通りの家からクラシンスキ広場に面した家に移り、その後、シフェントイェルスカ通りのより小さな建物に引越し、そして再びレシュノ通りの粗末《そまつ》な家に移りました。その家に落ち着いた時にはすでに立派な家具は姿を消し、使用人や料理人もいなくなっていました。
「自分たちで何とかしなければ」ツェツィリヤ夫人はため息まじりにつぶやき、できるだけ自分で料理をしました。しかし、彼女にできることは多くはありませんでした……
ある日、精神病院から電報が届きました。ヘンリクが受け取り、母に渡しました。しばらくの沈黙《ちんもく》の後でツェツィリヤ夫人は声を出して読み上げました。

遺憾《いかん》ながらお知らせ致します。ユゼフ・ゴールドシュミット氏は今朝、亡くなりました。遺体《いたい》と身の回り品を引き取りにおいでください。

その後まもなく、エミリヤおばあさんも亡くなりました。ヘンリクは長い間、父と祖母を失った悲しみから立ち直ることができませんでした。
一家は日々の食べ物にも困るようになり、ほとんどすべての高級な品物を売りに出しました。かつて一度も働いたことのないツェツィリヤ夫人は地域新聞に次のような広告を出しました。

私立学校に通う生徒、あるいはギムナジウム入学や専門職につく準備をしている生徒に部屋を貸します。個人授業をつけ、温かい家庭的配慮をします。

ツェツィリヤ・ゴールドシュミット、レシュノ通り18の10

「あなたたちの助けを期待しているわ」夫人はヘンリクとアンナ（＊アーニャの実名）に言いました。「下宿生には配慮の行き届いたお世話をしようと思っているの。アーニャ、手を貸してちょうだいね。ヘーニョは家庭教師の仕事をお願いね」

一家の新しい時代が始まりました。ヘンリク自身はまだギムナジウムに通っていましたが、学校が終わると下宿している子どもたちの勉強を見てやりました。それが終わると他の家々を回ってさらに家庭教師をしてお金を稼《かせ》ぎました。仕事の後は疲れ果てて自分の勉強の復習、予習に充てる時間はなくなり、学校の成績は次第に悪くなりました。落第することにもなりました……

文学と医学

ヘンリクはいつも何かを書いていました。十八歳の時に書いたユーモアに満ちた文章が雑誌『コルツェ』に初めて掲載《けいさい》され、それ以来、彼は〝ヘン〟あるいは〝リク〟それとも〝ヘン・リク〟と言うペンネー

空襲で一部が破壊されたワルシャワ旧市街に近い建物。1939年
copyright:Narodowe Archiwum Cyfrowe/nac. gov. pl

ムで定期的に記事を書きました。原稿料は多くはありませんでしたが、それでもかけがえのない収入になりました。次第に書く機会が増え、彼の笑いをさそう作品は人気を得ました。『みんなのための読書室』という定期刊行物からも執筆《しっぴつ》依頼《いらい》を受け、編集の共同作業も提案されました。ヘンリクはそこで作家や作曲家について、さらに音楽や絵画などの文化的記事を担当しました。

「もしかして、あなたは作家になるの？」姉のアンナは弟に聞きました。ヘンリクはギムナジウムの卒業試験が迫《せま》り、それに通ったら、大学に進学するつもりでした。

「書くことはいつだってできるからね。でもそれとは別に職業を持たなければ」ヘンリクは答えました。

「チェーホフは作家として有名になったけれど、医者でもあっただろ」

「それでは医学部に進むの？」

「うん、もう願書は出したんだ」

こうしてヘンリクは医学を学び始めました。何よりも小児科医学に関心がありました。将来は〝子どものための医師〟になるつもりでした。ワルシャワでは小児科医が不足していたのです。

ヘンリクは書くことも続けていました。ある日、彼は雑誌に興味深い記事を見つけました。イグナツィ・ヤン・パデレフスキ（＊１８６０～１９４１年。ポーランドの音楽家で政治家。１９１９年にはポーランドの首相となった）が二つのコンクール開催を発表したのです。ひとつは音楽作品のコンクール、もうひとつは戯曲《ぎきょく》のコンクールでした。何と優勝賞金は二千ルーブル（ルーブルは当時ワルシャワを含む地域を統治していたロシヤの通貨）。作品はペンネームをつけて編集局に郵送することになっていました。ヘンリク・ゴールドシュミットは腕試《うでだめ》しをすることにして、二つの作品を書き上げました。ひとつは『どの道を通って』、もうひとつは『ありふれた出来事』という作品です。ただ、適当なペンネームを考えださなければなりませんでした。〝ヘン〟とか〝リク〟では子どもっぽく思えたのです。その時、机の上にクラシェフスキ（＊ユゼフ・イグナツィ・クラシェフスキ、1812～87年、ポーランドの作家）の作品がのっていました。タイトルは『ヤナシュ・コルチャックと美しい太刀持《たちも》ちの娘の話』でした。ヘンリクは笑みを浮かべ、『どの道を通って』の原稿を入れた封筒《ふうとう》にヤナシュ・コルチャックと書きました。『ありふれた出来事』の原稿を入れた封筒にはヤヌシュとだけ書きそえました。ふたつの封筒に糊《のり》付《づ》けし、彼は編集局に送りました。

数週間後、返事が届きました。優勝は逃しましたが、ヘンリク・ゴールドシュミットの『どの道を通って』は入選しました。

「面白いな」ヘンリクは笑みを浮かべました。「ヤヌシュ、そしてヤナシュ・コルチャックはわたしにとって幸運な人間であるようだ……二つを合わせてヤヌシュ・コルチャックにしてはどうだろう？」彼は独《ひと》り言《ごと》をつぶやきました。「悪くないペンネームだ……」

第二章　ヤヌシュ・コルチャック

サマーキャンプ

赤ひげの学生

チェプワ（＊ポーランド語で〝温暖な〟という意味の形容詞）通りは感じも良くなければ居心地《いごこち》も良くない通りで、一番貧しい人々が住む粗末な家と暗い地階住宅（居住部分が地面より下にある住宅）は殺風景《さっぷうけい》そのものでした。この地域では両親に虐待《ぎゃくたい》を受けたり、他人からつまはじきにされた子どもたちがぼろぼろの身なりで、パンの切れはしやジャガイモのかけらを手に入れて飢《う》えをしのいでいました。そんな地域にワルシャワ慈善協会は〝読書室〟と名づけた無料の図書貸出所を作りました。土曜日の夕方になると、この施設のドアが開くずっと前から通りや前庭、階段にポーランド人の子どもたち、ユダヤ人の子どもたちが本を借りるために集まってきました。当番に当たるのはボランティアの学生たちです。本を買ってもらえない子どもたちに本を貸し出すことはこの学生たちにとって重要な仕事でした。

冬でした。チェプワ通りはいつにも増して〝温暖な〟という意味からは遠いものでした。零下《れいか》の気温の風は耳、鼻、ほお、手を凍《い》てつかせ、貧弱な衣服を通し、穴だらけのブーツの足先にまでしみ通りました。手をこすってみても、息を吐きかけてみても何の役にも立ちません。短い上着を引っ張ってみてもダメです。寒気が引き起こす痛みは耐えがたいほどでした。それでもその土曜日、〝読書室〟の前にはおおぜいの子どもたちが集まりました。小麦色のお下げ髪の若い娘がそわそわと時計を見ています。「もう六時になるのに、当番の学生はまだ来ない」娘はつぶやきました。「もう開けようかしら、それともう少し待とうかしら」彼女は窓の外で寒さから足を踏み鳴らして待っている子どもたちを見つめました。

その時、突然子どもたちの群れが波打ち、声が上がりました。

「学生さんが来た！」

「ねえ、今日は新しい童話を読んでくれる？」

「ねえ、きれいな絵を見せてくれる？」

「みんなで鬼ごっこをしてくれる？」

「手に何を持っているの？」

「キャンデーを少し持って来たよ。本を終わりまで読んで、汚《よご》さずに返しくれた子へのごほうびだ。さあ、読書室を開けるからね。みんな順番に入るんだよ」コルチャックは騒々しい子どもたちをなだめました。

「遅かったのね。今日はもう来ないのかと心配したわ。ほら、あんなにたくさんの子どもたちが来ている！」若い娘のヘレンカはそう言ってコルチャックを迎えました。

「今日もたくさんの子がやって来たね」コルチャックは笑みを浮かべました。「ごめん、ヘレンカ、病気の子のそばを離れられなくてね。高熱があったもんだから……さてと、それではドアを開けよう！さあ、みんな、入っていいよ」

「この小説、気に入った？」コルチャックは、一人の少女が『パン・ヴォウォディヨフスキ』（＊ポーランド人作家ヘンリク・シェンキエヴィチの歴史三部作の一作）を返却《へんきゃく》した時に聞きました。

少女はうなずくと、じっとキャンデーを見つめています。

「最後まで読んだんだね？」

少女はあいまいにうなずきました。

「それではキャンデーをどうぞ。オレンジ味でいいかな？」少女は今度は大きくうなずきました。

「次は誰？　やあ、スタシェク！　本は持って来たね。次の本を借りたいのかい？　ヘレンカ、スタシェクに本を探してあげて。彼はクラシェフスキの『古き物語』を返してくれたよ。ええと、ブロネク、君には本は貸せないな。まずは借りた本を返さなければ。ユゼクと本を交換し合ってもいいよ。あの子もまだ借りている本を読み終わっていないだろうからね」

ヘレンカは目をみはりました。コルチャックが見事に子どもたちに向きあっているからです。声を荒げたりすることは一切ありません。子どもたちは全員がまるで崇拝《すうはい》するかのように彼の言うことを素直に聞いています。コルチャックは一人一人の子をよく知っているのです。中にはここに初めて来た子もいるのに。

「さあ、お話の時間だ」コルチャックはアンデルセン童話を開きました。『マッチ売りの少女』を読むから、みんな静かに聞いて……」

サマーキャンプで子供に読み方を教えるヤヌシュ・コルチャック。1907年
（日本ヤヌシュ・コルチャック協会提供）

外は寒く、雪が降っていた。次第に暗くなり、夜が近づいていた。間もなく今年最後の日が終わろうとしている。冬。暗闇の中、雪が吹きつける通りを裸足《はだし》の少女が歩いている。頭には何もかぶらず、前掛《まえか》けの中に何かを抱《かか》えている。どうして裸足なのだろう？

お話は……

子どもたちはコルチャックを囲み、床の上にすわっています。口をあんぐりと開け、目をキラキラさせ、耳をすましています。彼らの顔には大きな共感《きょうかん》の色が浮かんでいました。マッチを買ってくれる人はいません。子どもたちには少女が何を感じているか、痛いほどに良く分かっています。耐えがたい飢えの苦しみも、どうしようもない寒さの痛みも知っています。満ち足りた者たちは自分のことにしか関心を向けません。そんな者たちの中にいる時の孤独《こどく》。子どもたちはその味を知っています。だから彼らは赤ひげの変わった学生のことを信頼しているのです。コルチャックは何かそれなりの理由があって、自分たちのようなつまはじきにされた子どもの運命に強い関心があるのだろうと子どもたちは考えました。彼らはコルチャックに語ります。自らのことを。最高の施《ほどこ》しを得られる場所のことを。体罰《たいばつ》を受けないようにするためには大人にどれほどのかせぎを渡せばよいのかを。

「君たちが反抗して、物乞《ものご》いを止めたら？　そうしたら、どうなるんだい？」コルチャックはたずねました。

「家に帰る代わりにホテル行きになるさ……」

「ホテル行き？」コルチャックは驚きました。「ホテルってどこ？」

「ひとつはサスキ公園の下水道。おれたちはそこを〝ヨーロッパホテル〟って呼んでる。真っ暗で、ドブネズミがうようよしてるけど、けっこう便利な所さ。ふたつ目のホテルはウヤズドフスキ病院の向こうにあるガス管の中だ。隙間風《すきまかぜ》が入って寒いけれど、静かだし、安全だ。三番目はレストラン〝ザピェツェク〟の石釜《いしがま》の中。ただ、石釜は冬は暖かくていいけど、夏はがまんできないほど熱いんだ。

「あんなこと、見逃してはおけないよ」読書室を閉め、本の整理をしながらコルチャックはヘレンカに言いました。「子どもだって大人と同じ人間なんだ！　ただ大人よりは無防備《むぼうび》で、より繊細《せんさい》なだけだ。それを大人が利用するなんて」コルチャックは顔をしかめました。「この状況を何とかしなければ！」

「あなたはもう多くのことをしているわ。それにもうすぐ正式な小児科医になるんでしょ」

「今日、入院中の男の子にお話を聞かせたよ」コルチャックはヘレンカに目を向けました。「ぼくができるのはそれくらいだ。小さな細い手を握り、高熱の額《ひたい》に触れ……ぼくは考えた。医学とはなんと頼りにならないのだろうと……いつも薬が効《き》くとはかぎらない。最後に残るのは言葉だけ。時にはその言葉だってむなしくなる。だから、ただそばに居《い》るだけ、それだけなんだ……」

サマーキャンプで

夏が近づき、コルチャックは医学部を卒業しました。夏休み中は何かアルバイトをすることにしました。直《じき》に夢のようなチャンスが到来しました。ワルシャワのサマーキャンプ協会がユダヤ人の貧しい子どもたちのためのサマーキャンプに付きそう教師を募集《ぼしゅう》したのです。

コルチャックはさっそく事務所に出向き、契約書《けいやくしょ》にサインをして備品を受け取りました。荷物を背負って駅にやって来ると、子どもたちはすでに待っていました。コルチャックは子どもたちを見ながら考えました。

〝みんな一様に貧しさを抱えているのに、何と違いがあることだろう。ある子どもたちは貧しくても清潔な衣服に身を包み、笑顔を向けている。その一方で、汚れたままの服を着て、世話の届いていない子どもたちもいる。どうして貧乏に差があるのだろう。笑顔を浮かべ、大きな声で堂々とおしゃべりをしている子どもがいる一方で、見送りに来た母親の陰に隠れておどおどしている子どももいる。家族からおやつを受け取っている子どももいれば、全く見送りのない子どももいる……〟

出発の時間が近づきました。子どもたちは見送りの家族と別れ、押し合いへし合いしながら急いで車両に乗り込みました。まもなく列車は発車しました。

「ぼく、帽子を無くしてしまった！」一人の男の子が泣きだしました。

「お父さんが見つけておいてくれるかもしれないよ」コルチャックは男の子をなだめました。

「帽子をなくす子がいるのは毎度のことだ」先輩教師が笑って言いました。「サマーキャンプでは恒例《こうれい》行事《ぎょうじ》なんだ」

駅に到着しました。列車から降りる時もまた子どもたちは押し合いへし合い、キャーキャーと声を上げています。駅の前には干し草運搬用《うんぱんよう》の十二台の荷馬車が待っていました。

「さあ、気をつけて荷馬車に乗ろう！　足元に気をつけて！」コルチャックは子どもたちから目を離さずに、誘導《ゆうどう》しました。「太陽が出迎えてくれているよ。わかるかい？　みんなで感謝しよう、明るい太陽に、緑の森に、愉快《ゆかい》な草原に！」

「先生、目的地までは遠いんですか？」

「もうすぐだ。ほら、森の中に空き地が見えるだろ。そこに建物がある。あそこがみんなのミハウフカ学校だ」

「わーい！！！」

到着後、子どもたちはカップ一杯の牛乳を飲んでから建物の中や周りをうろつきました。彼らにはすべてが不思議なことばかりでした。夕方になると足を洗うことも、開け放った窓のわきで一台のベッドに一人で寝ることも、朝になると歯をみがき、顔を洗うことも、オビャト（＊一日で一番主となる食事）に不思議な緑色のスープが出されることも。最初の夜、男の子の一人が泣きだしました。

「家に帰りたい！」

〟お腹《なか》が空《す》いたから家に帰りたいのかな？〟コルチャックは考えました。〝いや、空腹なはずはない。寒いのかな？　いや、寒いはずはない。一人で寝るのがこわいのかな？　いや、それも違う。そうか、家にはお母さんがいるからだ……〟

「よし、わかった。家に帰るのは明日にしよう。今日はシャバト（金曜日の日没から土曜日の日没まで続くユダヤ教の安息日）だ。今夜はもう眠ろう」そう言うと男の子は落ち着き、誰よりも早く寝つきました。

翌日はけんかから始まりました。

「先生、こいつがおれを押した！」

「先生、この人がわたしをけとばしました！」

「先生、あいつ、ぼくのこと、すわらせてくれない！」

「先生、この人がわたしのスープに息をふきかけます！」

「先生、こいつ、おれの耳に唾《つば》を吐きかけた！」

「みんな、いい加減《かげん》にするんだ！　そうだ、こうしよう」コルチャックは子どもたちを落ち着かせようとしました。「公正な裁判《さいばん》をしよう。あらゆる問題を裁判で考えることにするんだ。誰もが誰をも裁判にかけることができる。先生をも、そして自分自身をも裁判にかけることができる」

「えー！」子どもたちは驚きました。「裁判官は誰がやるの？」

「君たちの中から三人の裁判官を選んではどうだろう。わたしは書記の役を引き受けよう。すべてを記録しておくために」

「わかった、それではおれが一番乗りだ」ルツェクが手を挙《あ》げました。

「ヨセクがおれの足を石でぶちました。あいつを裁判にかけます」

「それでは尋問《じんもん》を始めよう」コルチャックは答えました。「ヨセク、君はルツェクに石をぶつけたのかい？」

「ぶつけてなんかいない」

「嘘《うそ》だ！　他の子たちはおれが痛くて足をおさえたのを見ているんだぞ」

「嘘を言ってるのはルツェクだよ！　ぼくは石なんか投げてないもん！」

「でも、ルツェクは足をおさえたのかい？」

「おさえた」ヨセクはうなだれました。

「それは、どうしてだね？」

「あいつがおれに石をぶつけたからさ！」ルツェクは噛《か》みつくように言いました。

「石じゃないよ！」ヨセクは泣き出しました。

「それでは何を投げたんだい？」コルチャックはたずねます。

「松ぼっくり」ヨセクは小さな声で答えました。

「どうして投げたのかな？」

「松ぼっくりをいっぱい集めたけど、それをどうしていいのかわからなくなったから……」

「松ぼっくりの中に石は入っていなかったのかな？」

「わからない……」

裁判官は被告《ひこく》が年少の子であることから、〝ルツェクに謝《あやま》る〟と言う軽い刑を言い渡しました。

その日から毎日、三件から四件の裁判が行われました。コルチャック先生は書記と弁護人になりました。時には自ら告訴《こくそ》することもありました……たとえばアブラメクとハイメクは学校の敷地《しきち》から遠く離れた所まで無断《むだん》で出かけ、朝食に遅れました。それで被告席にすわらされました。

「被告人たちは自分たちだけで学校の敷地外に出てはいけないことがわからなかったのだろうか？　だって、迷子《まいご》になるかもしれないし、川に落ちるかもしれない。牛に角で突《つ》かれるかもしれないし、犬にかまれるかもしれないのに」コルチャックは検事のような口調で聞きました。

「おれたちは、おれたちは……ただ花を摘《つ》みたかっただけなんだ」二人の少年はぶつぶつと答えました。

「裁判官殿！」コルチャックは続けました。「二人は明らかに罪《つみ》を犯しました。従って罰《ばっ》しなければなりません。しかしながら……彼らは花を摘みに行ったのです。田舎《いなか》では自由に花を摘むことができます。朝食を忘れてしまう程に楽しかったのでしょう。ワルシャワにはここのようにたくさんの花はありません。ですから、ですから、許してあげてはどうでしょうか？」

短い話し合いの後、裁判官はアブラメクとハイメクに無罪《むざい》を言い渡しました。

夜になると、子どもたちは遅くまで寝室で騒ぎました。翌朝、騒いだ者たちは次々に法廷《ほうてい》に立たされ、誰が大声を上げたのか、誰が口笛を吹いたのか、誰が足をどんどんと踏《ふ》みつけたのか、自ら告《つ》げさせられました。ところが、ほとんど全員がそのおこないを否定したのです。頭をうなだれたのは、現行犯でコルチャックに捕えられた二人の生徒だけでした。

「裁判官殿、この二人にどんな罰を与えましょうか？」コルチャックはたずねました。

「厳しい罰にしなければ！」子どもたちは言います。

「わたしは罰を考える前にもうひとつ質問しなければなりません。昨夜、寝室で騒いだのは、本当にこの二人だけだったのでしょうか？　他にもっとたくさんの子たちが騒いでいたのではないでしょうか？　現場を押さえられたこの二人だけではないはずです。他の子たちはすぐに隠れたのに、この二人はどうして見つかったのでしょうか？　きっと、二人は経験《けいけん》豊かな悪がきではなかったからだと思います。あるいは寝室で騒いではいけないことを知らなかったからでしょう。小さな罪のこの二人だけを罰し、この場におよんで知らんぷりをしているもっと罪深い者たちを罰なしですませても良いものでしょうか？」

法廷はシーンと静まり返りました。

「わたしは提案《ていあん》します。この二人は無罪とする一方で、全員に罰を与えるようにと。今夜のお話はないことにするのです。さあ、今度はみんなで話しあってください」

荒れ模様の長い話し合いが続きました。そして判決が出されました。先の二人は無罪とすること。これからは寝室では決して騒がないこと。みんながそう約束するので、夜のお話は続けること。

こうして子どもたちは全員が約束を守りました。

サマーキャンプで他の教師たちに囲まれたヤヌシュ・コルチャック（前から３人目）
（日本ヤヌシュ・コルチャック協会提供）

サマーキャンプからの帰宅

コルチャック先生はサマーキャンプが開催されているミハウフカ学校のベランダで日記を書いています。

十二人の子どもたちがカタツムリを手にしたフルトキェヴィチの周りにじっと立っている。彼らは呼吸をするのさえ恐れている。静かにしていれば、カタツムリは必ず角《つの》を出す、だが周りで騒いだりすると絶対に出さない、とフルトキェヴィチが断言したからだ。そしてカタツムリは本当に角を出した。それはそれは非常に神秘的な瞬間だった。

小さなアダムスキが帽子でアブをたたき落とした。どうやらアブは小さなアダムスキを襲《おそ》い、刺そうとしたようだ。小さなアダムスキは逃げ、アブは彼をしつこく追い回した。小さなアダムスキは頭からもぎ取った帽子をアブに命中させ、虫は草地の上に落下した。その様子を見ていた子どもたちはアダムスキの勝利を祝い、息絶えた虫を興味深そうにながめた。

コルチャックはペンを置くと、走り回っている子どもたちに目を向け、笑みを浮かべながら考えました。〝もう三週間が過ぎた。早いものだ〟

昼食後、コルチャックは近くの原っぱに子どもたちを集めました。

「わたしたちのサマーキャンプが終わろうとしています」コルチャックは言いました。「点数をつける時です」

「何だって?!」子どもたちは大きな声を上げました。「先生はおれたちに点数をつけるの？　本当の学校みたいに？」

「いや、本当の学校とは違う。君たちが自分で自分に点数をつけるんだ」

「どうやって？」

「そうだね、一番いいのは、自分が何点に値《あたい》するかを自分で報告することだね。なぜなら、自分の行動は、自分が一番良く知ってるからね。チャルネツキ、君は自分に何点をつけますか？」

「わかんない。ぼく、ベランダの屋根に上ったよ」

「その他に何かしたのかい？」

「スープの中にこしょうの丸い粒を発見した時、それを舐《な》めてから、ルツェクのお皿に入れた」

「まだあるかい？」

「ミルクをテーブルに注いだ。テーブルもミルクを飲むようにと思って」

「ふむ……それでは何点がいいと思う？」

「たぶん、4点かな……」小さなチャルネツキはつぶやきました。

「いや！　チャルネツキは反省しているよ！」子どもたちはいっせいに声を上げました。「チャルネツキは良い子だ。5をあげようよ！　だってもう、おりこうだもの！」

「自分で反省してのるかな？」コルチャックはチャルネツキに聞きました。

「うん。約束する。おりこうになるって」

「それなら、君は5点だ」

「やったー！」

チャルネツキはその日、まるで天使のようにおりこうでした。

〝おりこうにしすぎて、病気にならないといいが〟コルチャックは思わずひとり笑いをしてしまいました。不運なチャルネツキはいつもと違って、騒ぐこともなく、静かにすわっています。さびしそうに遠くを見つめながら。夕方、彼はコルチャックの元にやって来ました。悲しそうな顔をして。

「先生……ぼく、5点はいらない」

「どうしてだい？」

「だって、退屈《たいくつ》なんだもん」

「それでは4点にするかい？」

「うん！」チャルネツキの顔は輝《かがや》きを取りもどしました。

「4点だってすごくいい点数だもんな」チャルネツキは満足すると、翌日にはさっそく友だちとなぐり合いのけんかをしました。

サマーキャンプは終了を迎えようとしています。最後の晩、コルチャックは子どもたちが書いた夏休みの日記を集め、子どもたちが共同で編集したキャンプ新聞を折りたたみ、つかの間、自分の部屋に腰を下ろして考えました。子どもたちと過ごしたこの数週間がそれまでの人生よりもずっと多くのことを教えてくれたことを。

〝わたしは子どもたちに教えられている。教師も教えられなければならないのだ。世界のすべてを一番良く知っているのは我《われ》なり、と考える経験豊かな大人や学者がいるけれど、それは間違っている。子どもの中にこそ、深い賢《かしこ》さがある〟コルチャックは笑みを浮かべ、そう思いました。そしてそっと子どもたちの日記を開き、ながめ、読み、自分のノートに何かを書き込みました。

〝これらすべてのことを本にまとめなければならない〟コルチャックは決心しました。そしてペンをとった時、ドアがノックされました。

「どうぞ！」

一人の子どもが入って来ました。

「先生、最後のお話はどうなってるの？」

コルチャックは笑い出しました。

「今、行くよ」

子どもたちはコルチャックを取り囲み、緊張した目を向けています。

〝最後に彼らに何の話をしようかな？〟コルチャックはしばらく考えました。

「ワルシャワにもどらないことにするのはどうだい？」コルチャックは切りだしました。「二人一組になって並んで、旗を掲《かか》げて、歌いながら行進するのはどうだい？」

「どこに向かって？」

「太陽に向かって。だが、たくさん歩かなければならないよ。でも、できないことはないだろう？　歩いて、歩いて、そしてまた歩く……」

「それで？」子どもたちはやきもきしました。

突然、最後の夕食を知らせるベルが鳴り響《ひび》きました。コルチャックのお話は途中のままになり、翌日、子どもたちはワルシャワへの帰途《きと》につきました。

子ども法廷

コルチャック先生

「おめでとう。あなたは正式に医師になりました」コルチャックは教授から医学部の卒業証書を渡されました。

〝さて、これからどうしよう？〟すでに名の通った作家であり、いくつかの雑誌の共同編集者でもあり、文学の分野でも成功を収《おさ》めていたヤヌシュ・コルチャックは考えました。

「わたしたちのユダヤ人用の子ども病院で医師を募集しています。あなたに来ていただくことはできませんか？」コルチャックは病院の医長に子ども病院で働くことをすすめられました。

「願ってもないことです！」コルチャックは喜び、そして考えました。時は想像以上に早く過ぎ、自分の夢であった医師と作家になるという夢がまさにかなえられようとしている……と。

〝おばあさんが生きていたら、きっと喜んでくれただろう〟コルチャックは笑みを浮かべました。〝父さんも誇《ほこ》りに思ってくれるだろう。母さんとアーニャには訪ねて行って、全部を話そう！〟

コルチャックはシリスカ通りの子ども病院で生き生きと働き始めました。医師としての彼の誠実さと親切はすぐに住民の間で評判になりました。母親たちはコルチャック先生が昼であろうと夜であろうと駆けつけてくれると言って喜びました。貧しい人からはお金をとりませんでした。従って人々はこぞってコルチャック先生に診察を頼み、彼は患者の家を歩き回って診察をし、治療をし、乳児の離乳食や、体重のはかり方を教えました。そして何よりも重要と考えて母親に教えたこと、それは〝いかに子どもを愛するか〟ということでした。なぜならそれこそがコルチャックにとって一番の関心事だったからです。

〝いかに子どもを愛するか？〟コルチャックはいつも考えていました。〝これこそが最も重要な課題《かだい》だ。子どもはおろそかにされがちだし、その一方で過度にかまわれ過ぎている。子どもをいずれ人間になるであろう未完成な存在としてあつかったり、あるいは一から十まですべてを与えなければならない存在として大事にしすぎている。もっと賢明《けんめい》に愛すべきであって、それが鍵《かぎ》なのだ〟

そうしているうちに日露戦争（＊１９０４～05年に起きた日本とロシヤとの戦争）が始まりました。ロシヤ占領域に住むポーランド人もまたロシヤ軍に入れられ、戦いへの協力を求められました。特に医師が必要とされ、コルチャックも招集《しょうしゅう》されました。彼は他の将校たちと共に列車でまずはワルシャワからモスクワへ、さらにシベリア鉄道でモスクワから満洲（＊現中国東北部）に送られ、傷病者輸送列車の中に設けられた病院で働くことを命じられました。この車内病院はイルクーツクとハルビンの間を往復し、その間にある駅に停車すると、コルチャック医師は傷病兵の治療に当たりました。重症の患者はこの走る臨時の病院に入院し、可能な限りの治療を受けました。痛みがひどくて泣きだし、治療がお手上げになった患者に対してコルチャックはおとぎ話を聞かせました。傷ついた兵士たちはまるで子どものように聞き入ったものです。コルチャックは母への手紙に次のように書いています。

ここでは文字通《もじどお》り、何から何まで不足しています。薬も包帯《ほうたい》も、そして治療器具もなければ消毒《しょうどく》する手立てもありません。チフス、赤痢《せきり》、その他の伝染病がひっきりなしに発生しています。どうやって手を貸したら良いものか、わたしにはわからないほどです。

一年が過ぎ、戦争はようやく終わりました。一九〇六年、ヤヌシュ・コルチャックはようやくワルシャワにもどり、その足でシリスカ通りの病院に向かいました。二十八歳になっていました。

クロフマルナ通り92番地

病院の夜の当直は予想外に穏《おだ》やかなものでした。子どもたちは各自のベッドで静かに寝息《ねいき》を立てていました。白衣姿のヤヌシュ・コルチャックは机に向かって何かを夢中になって書いていました。医師の部屋と病室の間には仕切りのガラス窓がありました。コルチャックはひっきりなしに目を上げ、窓の向こうの患者に目を向けました。

「ここは長年夢見てきた場所となるだろう」コルチャックは独《ひと》り言をつぶやきました。「子どもにとって素晴らしい学校になるだろう。生徒たちが学ぶのは教科書のアルファベットではない。ここでは、人はいかに、何のために生きるかを学ぶのだ」コルチャックはさらに建物の見取り図を描き始めました。「ヴィスワ川べりの陽光にあふれ、緑に囲まれた地に建つだろう。寝室は明るく、新鮮な空気に満ち、食堂は広々としている。子どもたちが泳ぐプールも設置されるだろう。教室に代わるのは、学習室、科学実験室、図書室、コンサートホール、演劇舞台、そして絵画ギャラリー」コルチャックはさらに〝ここでは人間を尊ぶ自由人が成長する〟とノートに書きつけました。

「お邪魔《じゃま》ですか」コルチャックの部屋にエリアスベルク先生が入ってきました。「どうやら、何かをお書きになっていたようですね。ちょっとだけお話ししたかったのですが」

「邪魔なんかではありませんよ。さあ、どうぞ、どうぞ入ってください」コルチャックは立ち上がって、椅子《いす》を寄せました。「ごぞんじのようにわたしはベルリンでの医学実習からもどったところです。あちらの子ども病院の様子をつぶさに見て来ました。そうしたら自分の様々な夢がふくらみ、それを今、書き出していたところでして……」

「わたしの用事もまたその夢のことです……」同僚のエリアスベルク医師は笑みを浮かべました。「ヂカ通り（＊ヂカとはポーランド語で〝野蛮な〟という意味の形容詞）に児童施設があります」

「ほう？」コルチャックは興味を示しました。

「もし、あなたがそこをご覧《らん》になったら、我《わ》が目を疑うことでしょう。こんなことがこの世にまかり通っているのかと！　通りは名前そのもので、荒れ果てた野蛮《やばん》な通りです。衛生環境は最悪、寝床には布団もシーツもなく、ベッドの下には水がたまっています。石鹸一個、タオル一枚、ありません。子どもたちは飢えに苦しみ、すさんでいます。ノミ、疥癬《かいせん》、ありとあらゆる病気が蔓延《まんえん》し、施設管理者側からの配慮はまったくありません」

「あわれな子どもたちですね」コルチャックは考えこみました。

「そうなのです。そこでわたしは妻とともにその子どもたちに関《かか》わり始めました。フランチシカインスカ通りに彼らのための一時的な住いを見つけ、さらにステファニア・ヴィルチンスカ嬢《じょう》という素晴らしい養育者に出会いました。ただ……建物は暗く、古びていますので、さらに別の所を探しています。人手も足りてはいません。ですから、熱い志《こころざし》を持ってこの施設の運営に関わってくれる者を、子どもたちに居場所《いばしょ》を作ってくれる者を探しているところです……」

「子どもたちは何人いるのですか？」コルチャックは聞きました。

「今は五十人です」

「ほう、りっぱな家族ですね」コルチャックは笑顔を向けました。

「そこでですね、ステファニア嬢の指導の下で子どもたちが準備した〝詩の夕べ〟にあなたを招待《しょうたい》したいのです。いかがでしょうか？」

「〝詩の夕べ〟にですか？」コルチャックの顔が輝きました。「喜んでお受けします。いつですか？」

「それは嬉しい！　明晩の六時です」

翌日、約束通りにコルチャックはフランチシカインスカ通りの施設に現れ、ホールに入るとドアのわきに立ちました。頭髪を短く刈った子どもたちが臨《りん》時につくられた舞台に上がり、何週間も前から練習したマリア・コノプニツカ（＊1842〜1910年。貧しい者たちに寄りそったポーランドの詩人、作家）の詩を震える声で朗誦《ろうしょう》し始めました。間違ったり、詞《ことば》を忘れてしまったりする子がいると、感じの良い黒い髪の女性がそっと耳打ちしています。朗誦《ろうしょう》を終えると、子どもたちは小走りにその女性の元に駆けより、スカートの襞《ひだ》にくるまれました。

すべてをじっと見ていたコルチャックは涙を浮かべ、そして思いました。

〝これは奇跡だ。彼女はまさに子どもたちの母親だ〟と。

すべての朗誦が終わると、コルチャックはステファニア嬢の元に行って、成果を称《たた》えました。彼女の穏やかさ、自制心、繊細《せんさい》さ、温かさと同時に子どもに対する断固とした姿勢がコルチャックの心を動かしました。二人はしばらくの間、言葉を交わし合い、〃彼女の中に同志愛を見い出した〃とコルチャックはそうぞうしい子どもたちに取り巻かれたステファニア嬢をまじまじと見つめながら思いました。

ステファニア嬢の方も、子どもたちにお話を始めたヤヌシュ・コルチャックに驚きの目を向けました。子どもたちはまるで魔法にかけられたように耳をかたむけています。若く感じの良い医師は笑みを浮かべ、愛情いっぱいのサファイア色の目で子どもたちを見つめ、たちまち子どもたちの心をとらえてしまいました。

〃同じ志を持つ人を見い出した〃コルチャックが子どもたちと鬼ごっこをしている様子に目を向けながら、ステファニア嬢は考えました。若い医師はまるで、あごひげをつけ、眼鏡《めがね》をかけた大きな少年のようでした。

やがてヤヌシュ・コルチャックは医学の知識を深めるためにパリへ、そして養育施設の活動を調べるためにロンドンへと向かいました。その間にワルシャワには身寄りのない子どもたちのためのホームが誕生しました。名の知れた医師、技術者、弁護士、商人が活動していた〃孤児救済《こじきゅうさい》〃を掲《かか》げるユダヤ協会が小さな住民たちのためにホーム建設のプロジェクトを立ち上げ、資金を集めたのです。一九一二年十月七日、ホームは最初の子どもたちを受け入れました。公式の開設日は一九一三年二月二十七日になりました。ワルシャワにもどって来たコルチャック医師は病院をやめて、子どもたちとともにクロフマルナ通り92番地にできた子どもたちのためのホーム〝ドム・シェロト〟に住み始めました。

子ども法廷

ホームは立派な建物で、正面玄関はクロフマルナ通りに面していました。92番地と書かれた門を入ると庭があり、子どもたちはそこで石けりや縄跳び、自転車乗り、かけっこやかくれんぼをして遊ぶことができました。天気の良い日には人形の家を持ち出したり、ボール遊びをしました。枝を伸ばした一本の木の下にはコルチャック先生お気に入りのベンチが置かれていて、先生はそこに腰をおろし、遊んでいる子どもたちに目を注ぎました。一階には娯楽室を兼ねた広い食堂があり、そこに入るには前後に開くスイングドアを押しました。またそのわきに三つの学習室と事務室がありました。

二階へ上るドアの近くに、〝泉〟と名づけられた小さな噴水があって、子どもたちはコップを使わずにそこから水を直接飲むことができました。噴水の近くには時計がかかっていました。

二階には女子用と男子用の二つの寝室が設けられました。寝室と寝室の間には教師用の当直室があり、両側に窓がついていて就寝中の子どもたちのようすを見ることができました。この当直室がコルチャック先生の部屋で、ステファ嬢《じょう》（＊ステファニア嬢はみんなにこう呼ばれた）の部屋は反対側の、女子用寝室のわきにありました。ホームの家政全般を取り仕切る人、守衛、料理人は門の近くにあるそれぞれの小さな家に住んでいました。地階には管理用の施設、たとえば大きな調理室、倉庫、洗濯室、アイロン室、ボイラー、クロークルーム、浴槽《よくそう》とシャワーを備えた浴室がありました。階段下のクロークルームの隅《すみ》には低い長椅子が置かれ、〝整え、ピカピカ、エレガンス〟の場所と呼ばれました。コルチャックはそこで子どもたちに靴の磨《みが》き方を教えました。

建物はどこもかしこも新しく、ピカピカでした。ところが入って来た子どもたちはこの建物を好きになって大事にしようとはしませんでした。もしや、彼らはそうする方法を知らなかったのかもしれません……

「どうしたら良いものか」ステファ嬢は困りはててコルチャックに打ち明けました。「何とかしなければ、子どもたちに全部こわされてしまいます」彼女は涙声で言いました。「言って聞かせても聞く耳を持ちません。こわし、汚し、踏みつけるのです。〝誰がやったの？〟と聞いても、〝知らない〟と言うばかり。わたし、もう、どうして良いのか、わかりません」

コルチャックはステファ嬢を慰《なぐさ》めました。しかし、子どもたちの振る舞いはコルチャックにとっても不可思議《ふかしぎ》でした。

「まあ、落ち着いて」コルチャックは言いました。「子どもたちにとってはすべてが新しい経験で、こんな環境に馴《な》れていないのでしょう」

「それは分かります。でもわたしはそこに何らかの悪意すら感じるのです。ようやく完成したこの建物が徹底的《てっていてき》に破壊されるのを見ているわけにはゆきません」

「そう、許すことはできませんね。しかし手段を選ぶ必要があります」コルチャックは笑みを見せました。「急がずに」

「手段？　あなたは何をお考えですか？　子どもに罰を与えることはやめようと、話し合ったではありませんか」ステファニア・ヴィルチンスカ嬢は顔をしかめました。

「罰を与えることなど、考えてはいませんよ！」コルチャックはステファ嬢の言葉をおさえました。

「それでは、どうやって子どもたちに規則を守ることを教えるのですか？」

「大人が子どもに、〝お前の振る舞いは悪い〟と言っても、良い効果は期待できません。子どもは思うのです。大人に恨《うら》まれている、あるいは理解されていないと。ところが評価を子どもどうしに委《ゆだ》ねると、うまくゆくのです。子どもは自分と同年代の者の中に自らの鏡を見ます。彼らには仲間の意見が最も重要なのです」

「具体的には？」

「法廷《ほうてい》を設けるのです。そこにすべての子どもが参加します。誰もが誰をも裁判にかけることができます。どんな過《あやま》ちに関しても。子どもは自分の仲間を、自分の養育者を訴えることができます。そして大人もまた同じです」

「興味深いアイデアです」ステファ嬢は考えこみました。「でも、どのように実現させるのですか？」

「最初に法典と条文を作ります。その後で子ども法廷の編成にとりかかります。いいですか、わたしはこれまでも一人一人の子どもは自分の問題を真剣にあつかってもらう権利があり、公正に考えてもらう権利があると考えてきました。しかし、今まではすべては養育者の考え、養育者の気分しだいでした。しかし、子どもには尊敬される権利と公正にあつかわれる権利がなければなりません」

訴訟《そしょう》と条文

翌日、コルチャック先生はステファ嬢に自分が書いたものを見せました。

仲間による仲裁裁判《ちゅうさいさいばん》のおきて
　もし、誰かが何か悪いことをしたとしても、一番良いのは許すことである。その者はそれが悪いことだとは知らなかっただけで、今知ったことだからだ。もし何か悪いことをしたとしても、それが故意《こい》ではなかったのなら、その者はこれからより慎重《しんちょう》に行動することだろう。もし何か悪いことをしたとしても、それは環境になじむことが難《むずか》しかったからだ。その者は以後は環境に順応しようと努力するだろう。もし何か悪い事をしたなら、それはそのかされた結果であるとも考えられる。以後、その子はもう悪いことに耳を貸さないように努《つと》めるだろう。

もし誰かが悪いことをしても、一番良いのは許し、改《あらた》めるまで待つことである。

弱者が強者によっていじめられることがないように、裁判は弱者を守らなければならない。

良心的な働き者が怠慢《たいまん》な怠《なま》け者に邪魔《じゃま》をされないように、裁判は良心的な働き者を守らねばならない。

裁判は完全には公正でなくても、公正をめざさなければならない。

裁判は真実ではないかもしれないけれど、真実を望まなければならない。

裁判官もまた過《あやま》ちを犯すかもしれない。裁判官は自ら犯した過ちを罰することができるし、自らの行為が悪であったと述べることもできる。

しかし、最も恥ずべきは、裁判官が意識的にうそいつわりの判決を言い渡すことである。

「これを読んでどう思いますか？」コルチャック先生は聞きました。

「とてもりっぱな内容です。それで、子どもたちは具体的にどのようにして自分の問題を裁判に持ち込むのですか？」

「特別なノートを作りましょう。そのノートを養育者の一人が管理するのです。誰もがそこに訴訟内《そしょうない》容《よう》を記《しる》すことができます。つまり自分の氏名と被告の氏名を。書記は口頭による、あるいは筆記による申し立てを集めます」

「誰がその書記を引き受けるのでしょうか？」ステファ嬢は疑わしげにたずねました。

「わたしがやってもいいですよ。喜んで引き受けましょう。すでにサマーキャンプで実行したこともありますしね。その際に多くの事を学びました」コルチャック先生は笑顔を見せました。

「そうですか。それで法廷はいつ開かれるのですか？」

「そうですね、一番いいのは、一週間に一度ですね」

「わかりました。それであなたが裁判官になるのですか？」

「違いますよ！　どんなことがあってもわたしは裁判官にはなりません！」コルチャックは強く否定《ひてい》しました。

「裁判官は交代制《こうたいせい》にします。そして子どもたちは自分たちの中からくじ引きで裁判官を選ぶのです」

「そんなことをしたら、混乱状態を招くだけではありませんか！」ステファ嬢はきつい声で言いました。「一番の暴れん坊が裁判官になると名乗りをあげるでしょう。そうしたらすべてはしっちゃかめっちゃかになりますよ」

「そうとは限りません」コルチャックは笑顔で答えました。「裁判官に選ばれるのは、前の週に一度も裁判にかけられなかった者とするのです……」

「なるほど！　それは良いアイデアだわ！」ステファ嬢は感心してコルチャック先生の顔を見つめました。「それで条文は？　先生はすでに考えておいでですか？」

「今、作成中です」コルチャックはノートに目を走らせました。「さしあたり、どんな問題が法廷で審議されるかを書き出しています。第一番目は秩序《ちつじょ》の破壊です。つまり、遅刻したり、みんなの前でさわいだり、邪魔《じゃま》をしたり、物を元の場所にもどさなかったり、ごみを散らかしたり、意地悪をしたり、建物をこわしたり、入ってはいけない所に入ったり、けんかをしたり、たたいたりです。二番目は義務を怠《おこた》ることです。つまり勉強をしなかったり、与えられた仕事をうっちゃったり、すべてがいいかげんな時です。三番目は他人との関係が良くない時です。年長の子が年少の子を侮辱《ぶじょく》したり、頭の良い子が悪い子を軽蔑《けいべつ》したり、いつもは穏やかな子がけんかっ早い子を挑発《ちょうはつ》したり、陽気な子が内気な子をばかにしたりした時。四番目は他人の所有物に手をつけた時です。たとえば、他人の物に傷をつけたり、こわしたり、失《な》くしたりした時です。五番目は他人の健康や命を脅《おびや》かした時。他人をひどくなぐったり、傷つけたり、眠りをさまたげたり、食べ物を奪ったり、洗顔や入浴を妨害した時です。他にもまだ予測のつかない事態が起きるでしょう。自から白状しないこともあり得ますしね」

「なるほど。その時はどうするのです？」ステファ嬢はたずねました。

「何かが起こっても誰の仕業《しわざ》か不明の時、その場合は〝不明者〟を裁判にかけます。裁判を開き、裁き、判決を法廷の掲示板に掲示します」

「想像をはるかに超えて先生は細部にわたって考えていますね」ステファ嬢は感心して言いました。「今度は、条文が気になります」

　ステファ嬢はすぐに条文の内容を知りました。

「第一条から第九十九条までの条文は被告を無罪にする内容です」ドクトルは誇らしげに語りました。

「何ですって？」ステファ嬢はいぶかしげに聞き返しました。

「そういうことです。だって、そもそも裁判にかけたことがまちがいだったかもしれません。あるいは訴えがしりぞけられるかもしれないし、あるいは、法廷はその訴えを無意味とするかもしれません。それとも罪が認められないことだってあり得ます」

「わかりました。続く条文は？」

「その次は罪は認めても、許すと言う条文です」

「そもそも、罰につながる条文はあるのですか？」ステファ嬢はやきもきしました。

「わたしはすでに言いましたよね。罰は用いないと。もちろん、論理的帰結として罰は存在しなければなりません。ですから第二〇〇条には、被告は誤った行動をした、としっかり書いています」

「まったく書かないよりは後にでも書いた方がいいです」ステファ嬢はつぶやくように言いました。「それで、次は？」

「第三〇〇条には、〃彼は悪いことをした〃と記しました。そして裁判はそれ以上悪いことを繰り返さないようにと要望します。第四〇〇条は、大きな罪です。〃あなたは非常に悪いことをした〃そして最後の試みをし、最終警告《さいしゅうけいこく》を発します」

「何に対する警告ですか？」

「さらに続く条文で警告内容を示しています。そして第五〇〇条には、〃あなたは非常に悪いことをして、自らを冒涜《ぼうとく》し、みんなの事を考えていない。われわれはもはや許《ゆる》すことはできない〃と記しています。そして被告の氏名と共に判決内容を掲示板に掲載《けいさい》します。第六〇〇条になると、判決文は一週間にわたって法廷掲示板に掲《かか》げられ、第七〇〇条になると、判決内容は両親に知らされます。その子を退所させることになるかもしれないからです。そして第八〇〇条では、〃もはやわれわれは手を差し伸べることはできない。最後の一週間をよく考える時間として与える〃さらに第九〇〇条では、〃われわれは希望を失った。もはや被告を信じることも関わりを持つこともできない。退所させる〃です」

「ついにそうなるのですね」ステファ嬢はため息をつきました。

「しかしながら、まだチャンスはあります」コルチャック先生は笑顔で続けました。「子どもたちの中の誰かが第九〇〇条を言い渡された被告を支え、世話をしてくれるなら、判決の実行をのばすのです。それでも裏切りが生じた場合、そんなしたたか者は退所させるしかありません」

「いずれにしても危険がともないますね……」ステファ嬢はドクトルのそんな養育上の試みに不安をぬ

ぐいきれませんでした。しかし彼女は経験豊かな養育者です。そんな試みに大きな意味があることはわかっていました。「うまくゆくかもしれませんね」ステファ嬢はぽつりとつけ加えました。「この法典が実践《じっせん》を通していかに的《まと》を得たものになるか、経過を見てゆきましょう」コルチャックは笑顔で締《し》めくくりました。

法廷が活動を始めた最初の週、教師たちの手によって掲示板に一枚の紙が張り出されました。〃昨日、遅刻をした者は法廷に出頭してください〃

十三人の子が出頭しました。

数日後、再び紙切れが張り出されました。〃無断で外に出た者は法廷に出頭してください〃

六人の子が出頭しました。

そしてさらに数日後には〃昨日、寝室で騒いだ者は法廷に出頭してください〃と掲示され、十五人の子が出頭しました。

子どもたちは自分自身を裁判にかけるように訴えることもありました。書記になったコルチャックはすべてをノートに記しました。

〃他の子に自分の能力を見せつけたくて、木に登った。木登りは禁止されていると知っていたので、自らを告発した。第90条〃

〃クロークルームで皿を洗った。それが禁止されていることを知らなかった。いけないことだと知って、

自ら出頭した。第51条〃

〃起床前に騒いだ。法廷に出頭。裁判は以後繰り返さないようにと要望し、許した。第32条〃

こうして最初の週には数十件の訴訟案件が集まり、法廷で懸命《けんめい》に審議された結果、すべての被告は罪を許されました。

ドム・シェロト（孤児の家）

灰色のワルシャワの白い家

「昨日、気がついたのですが、多くの子どもはトイレの使い方を知りませんね」コルチャック先生はステファア嬢に言いました。「彼らは初めて水洗トイレを目にしたのです」

「ルージャはほとんど夜中じゅう泣きどおしでした」ステファア嬢はうなずきました。「一人で寝るベッドはいやだと言うのです。ここにいる子たちはこれまではほとんどの子がひとつの寝床に数人で寝ていたのですから……」

「そういうことですね。少しずつ馴れさせて、関心を持たせなければ。わたしにはいい考えがあります」

コルチャック先生はステファ嬢にすぐにはその考えを打ち明けませんでした。

「晩まで待ちましょう」コルチャック先生は謎《なぞ》めいた顔を向けただけでした。

夕食後、先生はホールに子ども全員を集めました。

「みんなで新聞を発行するとしよう」コルチャック先生は宣言しました。「いいかい、かつて人々は町で起こったことを知りたいと思った時、みんな集まり、各自が見たこと、他の者から聞いたことを話しあったものです。しかしそれをするには多くの時間がかかりました。それにもっとも重要なことを聞き落としたり、あるいは話の内容が真実ではなかったり、理解できなかったりしたものです。しかし、みんなで新聞を発行すれば、各自で読むことができますし、すぐにすべてを知ることができます。金曜日ごとに『ドム・シェロト週刊新聞』(＊ドム・シェロトとは〝孤児の家〟という意味)を発行しましょう。各号にその週に起きたニュースを載《の》せるのです。みんなはすべての情報を紙に書いておき、晩になったら編集局に渡してください。

「〝編集局〟ってなにさ？」イツァクが質問しました。「どこにあるのさ？」

「わたしの部屋にあります」コルチャック先生は笑顔を見せました。いずれ専門の共同編集者を見つけますが、さしあたりは自分たちだけで助け合いながら発行してゆきましょう」

こうしてコルチャックが院長を務《つと》める、〝ドム・シェロト〟では新聞の発行が始まりました。発行部数は1部です。土曜日の午前中、子どもたちと施設の養育者たちが集まった時に読み上げられました。

クロフマルナ通り92番地に建てられたユダヤ人孤児の施設「ドム・シェロト」
（日本ヤヌシュ・コルチャック協会提供）

記事は子どもであろうと職員であろうと希望すればだれでも書くことができました。コルチャック先生も書きました。最初の頃、編集者はコルチャック先生一人だけでした。先生は子どもたちがその週に書いた文章に目を通し、組み立て、序文をつけました。

「〝孤児院〟という言葉には我慢《がまん》ならないな」ある日、コルチャック先生は言いました。〝施設〟という名前もいやだ」

「すでに使っている〝ドム・シェロト（孤児の家）〟でいいのではないですか？」ステファア嬢は言いました。

「少しはましかな。〝灰色のワルシャワにある白い家〟あるいは単に〝子どもの家〟はどうかな、と考えているのですが」

そしてコルチャック先生は新聞に次のよ

うに書きました。

わたしたちのホームに表札はまだない。今は門に表札をかけてはいない。いずれ〝子どもの家〟という表札をかけるとしよう。

最初の一年

「つまり、何よりも大切なのは、ひとりひとりが何かに責任を持つことです」コルチャック先生はステファ嬢に言いました。「普通の家族のようにです。そのためにさらに職員を雇《やと》う必要はありません。自分たちだけですべてをこなすのです。子どもたちはわれわれといっしょに掃除をし、食事を出し、寝床を整え、整理整頓《せいりせいとん》に当たります。こうして子どもたちは他の人の仕事を敬《うやま》うことを学びます」

「そういう考え、わたしは好きです！　当番制度を作ってはどうでしょうか？　そうすればいつ自分の順番になるかが分かり、うまくいくと思うのですが」

「それはいいですね！」コルチャックはステファ嬢の意見に賛成しました。「当番表を張り出す必要がありますね。もちろん、子どもたちも自らそれを掲示《けいじ》すると言い出すでしょう。それによって誰が、いつ、どこで、何をするかが分かります。食事のメニューも張り出しましょう。子どもたちだって日々の食事メニューを知っておかねばなりません」

「そうですね、子どもたちにとって興味のあることですものね」ステファ嬢は笑いました。

「手紙を入れるポストも用意しましょう。時に子どもは話す勇気を失うものです。書いた方がいいのです。われわれはその手紙を毎晩読んで、返事を書きましょう」

「ああ、でも、わたしたち、それらすべてをやり遂《と》げることができるでしょうか？」実践力《じっせんりょく》があり、あいまいさを許さないステファ嬢は不安そうな顔をしました。

「何とかするのです。すべては手はずの良さの問題です」コルチャック先生はいつも通りに楽観的でした。

実際、ホームの活動は次第に軌道《きどう》に乗ってゆきました。一日は朝六時に始まり、子どもたちは自分たちで寝床の片づけをし、洗顔、着がえをして、定められた時刻に朝食の席に着きました。各自、小さなグラス一杯の肝油《かんゆ》を塩を振った一切れのパンとともに飲みこみました。朝食はバラエティーに富んでいて、メニューは日々違っていました。コルチャックは食事に対して大きな配慮を欠かしませんでした。彼は常々、言いました。

「子どもは日に四回、食事を摂《と》る必要があります。成長することは体にとって重労働なのです」

毎夜、コルチャックはポストから手紙を取り出し、時に笑みを浮かべたり、時にため息をついたりしながら熱心に読みました。大事なのは、子どもたちが口では言えないことを手紙に書いていることでした。正直に、そしてありのままに。


ぼくはいじめられている。

先生は不公平だ。みんなの鉛筆を削《けず》ってやるのに、ぼくのは削ってくれない。

わたしはドアのそばで寝るのは嫌です。夜中に誰かが入って来そうだからです。

わたしは先生に怒ってる。

ぼくは先生と二人だけである重要なことを話し合いたい。


コルチャック先生はすべての手紙に最大限の敬意をはらい、大事に応じ、すべてに返事を書きました。

〝ドム・シェロト〟の活動が始まって最初の一年が過ぎた時、彼は活動を次のようにまとめました。


ポストはその役割を果たし、夜になると手紙でいっぱいになっている。子どもたちは話すことより書くことを望んでいる。

裁判では３５００件の案件が審議された。一週間で最も少なかったのは50件、最多は１３０件。そのうち19件のみが有罪とされた。

新聞は毎週発行され、〝ドム・シェロト〟の変わることのない活動となっている。子どもたちは新聞を愛し、喜んで記事を書いている。

掲示板のおかげで子どもたちはすべてを質問する必要はない。自ら告げたいことを掲示している。

この一年は困難ではあっても良い年だった。

孤児たちの父親

「わたしがみんなの床屋《とこや》さんになったとしたら、みんなどう思う？」コルチャック先生はたずねました。子どもたちは喜んでその提案を受け入れ、散髪《さんぱつ》遊びが始まりました。

「あなたはどんなヘアスタイルをお望みですかな？」コルチャック先生はそう言って体を曲げ、まるで本物の理髪師《りはつし》のような顔をしました。

「前と同じようにぼくの頭にワルシャワの通りを入れてくれますか？」男の子はそう答えました。そうするとコルチャックはバリカンを走らせ、子どもたちの頭にクロフマルナ通り、カロルコヴァ通り、シエンナ通り、フウォドナ通り、フランチシカインスカ通り、ヂカ通り、マルシャウコフスカ通り、クラクフ郊外通りを入れました。

先生は子どもたちの爪も切り、彼らの清潔に心がけました。

週に一度、おごそかな雰囲気《ふんいき》の中、すべての子どもたちの体重と身長の測定も行われました。「女子はわたしの方にいらっしゃい」ステファ嬢は女子を測定し、コルチャックは男子を測定し、すべてを自分のノートに正確に書き込みました。

「ドクトル先生（＊いつしか子どもたちはコルチャックをドクトル先生と呼ぶようになった）が悲しそうな顔をしているよ。アブラメクのせいだ。あの子はすごく痩《や》せているもんね」男の子たちはひそひそ声で話し合いました。

実際、コルチャックは子どもたちの体重が10グラムでも増えたり、身長が1センチでも伸びるとたいそう喜び、変化がないと悲しそうな顔をし、体重が減ると心配しました……

「どうしたのかな？」コルチャックはぶつぶつと独《ひと》りごとをつぶやきました。「最近アブラメクは妙《みょう》に寂しそうだ。両親のことが恋しくて、体重が落ちたのかな……あの子と話し合わなければ」

「でも、食欲は旺盛《おうせい》ですけどね……」自然科学の学位を持っているステファ嬢は、コルチャックが子どもたちの体重を気にかける理由を理解していました。

子どもたちにはそれぞれの当番がありました。時間は、年少の子は三〇分、年長の子は一時間と決められていました。食事を出す当番、食堂と寝室と浴室とトイレの掃除《そうじ》をする当番。教師たちが自らモップを持っている姿を目にすることで、子どもたちもまたきれいにすることを学ぶだろうとコルチャックは考えました。ですからコルチャックは自ら最も大変な作業に当たりました。子どもたちといっしょに床を磨《みが》き、トイレの掃除をし、子どもたちの靴も磨きました。それに対する代価《だいか》は何も受け取りませんでした。

　ドクトル先生は何よりも人を信頼することを教えたのです。

「家族のように生活しよう」ドクトル先生は言いました。「ドアやロッカーに鍵《かぎ》をかけることはやめよう。他人の物を勝手に動かしたりしてはいけないことは誰だって知っている。許可を得てから外に出ることもみんな知っている。だったら何で掟《おきて》を作る必要があろうか？」

　子どもたちは意外にも予想以上に早く新しい義務と規則を受け入れました。

〝平穏そのもの〟ドクトル先生は思いました。〝彼らはようやく自分の居場所《いばしょ》を持つことができた。わたしの子どもたちになった〟一日の仕事をすべて終えたコルチャックは窓の向こうの寝室で眠っている子どもたちに心のこもった目を向け、笑みを浮かべました。

涙のリスト

　掲示板に、いつものお知らせの他に謎《なぞ》めいた〝涙のリスト〟という一覧表が張り出されました。

「理由は何であれ、泣いた者はこの表に名前を書きこむことができます」いぶかしげな顔をしている子どもたちにドクトル先生は説明しました。

「涙を流した者がわれわれにとって大切で愛すべき者たちであることを感じてほしいのです」夜、コルチャックはステファ嬢とそんな話をしました。「だから、われわれは彼らの涙を集める義務があります。そのためのリストです」

その時から子どもたちは真剣に〝涙のリスト〟に自分の名前を書き込むようになりました。まだ字を書けない子は年長の子に書いてもらいました。その一覧表が現れて以来、子どもたちがあまり泣かなくなったことにコルチャックは気がついていました。

「〝お詫《わ》びリスト〟も掲示しましたよ」ある日、ドクトル先生は言いました。誰かに謝《あやま》りたい者は、あのリストに名前を書くことができます。

「リストだらけにならないかな？」子どもたちは言いました。

「誰かに謝るって、われわれ大人にとってもむずかしいことです」ドクトル先生は答えました。「ましてや君たちにとってはなおさら大変なことに違いありません。あのリストはみんなの役に立ちます」

コルチャックが運営するドム・シェロトでは子どもたちは最良の世話を受けていると街中で噂《うわさ》されるようになりました。ですから、子どもを受け入れてほしいと言う申請書《しんせいしょ》が次々に寄せられるようになりました。

「まだ余裕《よゆう》はあります。受け入れることはできますよ」コルチャックは言いました。「しかしながら、ひとりひとりの子どもの状況をしっかりとつかんだ上で、もっとも困難な中にある子どもを選ぶ必要がありますね」

「不安です」ステファ嬢はため息をつきました。「今いる子どもたちを維持《いじ》するのがやっとなのに、また受け入れて、一から教えなければならないなんて」

「一から教えましょう」

「すでにここにいる子どもたちにどう影響するでしょう？　彼らの生活は混乱するに違いありません。新入生をいじめたりしないでしょうか？」

「だいじょうぶ、そうはなりません。今いる子どもたちが新しく入った子どもたちの世話係になるのです。各新入生に一人の世話係を割り当てるのです」

「うまくいくといいですが」どこまでも楽天的なコルチャックにステファ嬢は心配そうな目を向けました。

ところがコルチャックの考えは素晴らしい結果をもたらしました。新しく入って来た子どもたちはまずはステファ嬢と個人面談をし、ステファ嬢はそのすべてを記録しました。その次に新入生はコルチャックの部屋に入り、そこで身体検査を受けました。コルチャックもすべてを記録しました。次にコルチャックは新入生を連れて世話係の元に行きました。世話係はその後の数週間、生活のすべてにおいて新入生のガイドを務めました。その際、世話係は特別なノートを受け取りました。

「ここにすべてを書き込むのです」ドクトル先生は説明しました。「君の教え子のこと、その子を観察して感じたことをね。わたしは毎晩そのノートを見せてもらいます」

新しく入って来た子どもたちも、そして前からいる子どもたちもすぐにこの新しい状況に慣れました。とても寂しそうにしている新入生がいると、すぐにドクトル先生が話しかけました。たとえば最初の夜、アリンカは新しい環境で不安とたたかっていました。その時のことを大人になってから彼女は次のようにふりかえっています。


わたしは眠れなかった。窓の鎧戸《よろいど》がきちんと閉まっていなくて、戸の袖《そで》が風でギーギーとなっていた。雪は渦巻《うずま》くように降り、窓ガラスに積もった。ドアの上につるされたランプが青い筋を投げつけ、天井に恐ろしい影を作っていた。あっちからもこっちからも黒い亡霊《ぼうれい》が眠っている子たちのいびきの音といっしょになって、わたしの方に這《は》い寄って来た。小さなわたしは何と不幸《ふしあわ》せだったことか！　この奇妙《きみょう》な寝室の中でわたしは一人ぼっちだった。

怖い……震える……他のものは全部がばかでかく見え、寝床にはたくさんの頭が並び、どれひとつ動かない。寒気がして……怖《こわ》くて……もしかしてどれも死んでいるのか、と思った。

突然誰かの手が頭に触れた。あ、そばにドクトル先生がいる。わたしの頭を抱き寄せ、顔をなでてくれた。

「泣いているのかね？」先生はわたしの額《ひたい》をなで、目をなで、そしてささやいた。

わたしは先生のもう一方の手を握り、自分の方に強く引き寄せた……ドクトル先生は再びささやいた。

「ここの居心地《いごこち》が悪いのかな？　ひとりぼっちなのかな？」

「とても怖いの」わたしは大きく息を吐いて、答えた。

「怖い？　誰が？　何が？」

「いびき……外の風、雪、天井の影、全部が……」わたしはしぼり出すような声で答えた。

ドクトル先生はやさしく微笑み、そばの椅子に腰を下ろすと、わたしの方に屈みこみ、髪をなでてくれた。

「雪が怖いのかい？　ほら、ごらん、愉快にとびはねているだけじゃないか！　わたしたちの家に飾《かざ》りをつけているんだよ。朝になったら、砂糖を振りかけたような白い家になっているよ。風の音、よく耳をすまして聞いてごらん……眠らないでめそめそしている小さな女の子の話をしているだろ……」

ドクトル先生はわたしを抱き寄せ、ゆっくりとほおと髪をなでてくれた。そしてささやいた。「さあ、わたしの小さな娘よ、お眠り、お休み」

その声はやさしく、その手は柔らかく、わたしは一転して幸せを感じ、静かに目を閉じた。わたしはドクトル先生に愛されている！　だって、〝わたしの小さな娘よ〟と言ってくれたもの。わたしのそばにいて、わたしを見守ってくれている。だから悪いことが起こるはずはない、と思った。

第一次世界大戦

いかに子どもを愛するか

一九一四年、第一次世界大戦が始まりました。多くの人が戦争に動員され、中でも医師はとても必要とされました。ヤヌシュ・コルチャックは病院の同僚のエリアスベルクや他の医師とともに招集され、戦場の負傷兵を治療する野戦病院の医長になりました。ドム・シェロトではステファ嬢が他の職員と共に百人の子どもたちの世話に当たらなければなりません。そのことを考えただけでコルチャックは心配でなりませんでした。でも解決策はありません。戦争は大嫌いでしたが野戦病院には治療を必要とするたくさんの傷病兵がいましたから、前線に行かなければなりませんでした。コルチャックは朝から晩まで一日じゅう働き、つかの間の休憩時間には書くことに集中しました。

子どもは一人の人間として尊重され、信頼されることを望み、指針《ししん》と助言を求めている。われわれ大人は子どもを軽くあつかい、いつも疑いの目を向け、理解せずに突き離し、手を差し伸べることをしない。両親は、子どもが知っていることを知ろうとはせず、見ていることを見ようとはしない。わたしは子どもの権利を求める。さしあたり、三つの基本的権利を見つけ出した。

死に対する子どもの権利
今日の日に対する子どもの権利
ありのままで存在する子どもの権利

前線では戦いが続き、機関銃や大砲の音が轟《とどろ》いていました。そんな中でコルチャックは時間を見つけては書き続けました。タイトルは『いかに子どもを愛するか』です。

時計

一九一五年十二月、コルチャックは三日間の祭日休暇を得ました。しかし、残念なことにワルシャワに帰ることはできませんでした。そこで彼はキエフ（＊現在はウクライナの首都。当時はロシア帝国の一都市で、ポーランド人も多く住んでいた）に向かい、そこの児童施設を見学することにしました。訪れたのはマリナ・ファルスカが運営するポーランド人少年たちの収容施設でした。

「ようこそいらっしゃいました」ファルスカさんは心を込めてコルチャックを迎えました。「とても光栄なことです」

「子どもたちとどんな生活をしていらっしゃいますか？」

「正直に申しまして、非常に大変な思いをしています。苦労しています。六十人の男の子の世話をしていますが、どの子も言うことを聞かず、やりたい放題《ほうだい》です。罰することで何とか、規律を保っています」

「そうですか……罰に代わってほうびを与えるというのはどうでしょうか？」コルチャックはたずねました。

「ごじょうだんでしょ！　ほうびを与えるですって？　何に対するほうびですか？」

「わたしは然《しか》るべき動機づけが奇跡を生むと信じています」

「それではその奇跡とやらを見せてください。今、お仕置《しお》き部屋に用務員の時計を盗んだ子が入っています。あなたはその子にもほうびを与えるのですか？」

「それはまだ分かりません。とにかくその子と話してみましょう」

夕食後、ファルスカさんは子どもたちを集めました。

「この方はヤヌシュ・コルチャック先生です」ファルスカさんはコルチャックを紹介しました。

「わたしはみなさんに会いたくてやって来ました」コルチャックはそう言って澄んだ青い色の穏やかな目を子どもたちに向けました。

「コルチャック先生は名の知れた教育者です」ファルスカさんは紹介を続けました。「先生の教育手段は世界中で評価されています。ここに滞在中、皆さんと関《かか》わってくださいますよ」

「ウウウウウウー」いっせいに不満の声が上がりました。「そんなこと、一体誰が頼んだのさ？」

「子どもが一人、お仕置き部屋にいるのですね」コルチャックは突然言い出しました。

「そんなこと、どうでもいいだろ！　いつも誰かが罰を受けているんだから」

あちこちから声が上がりました。

「ここにその子を連れて来てください」コルチャックはお願いしました。

しばらくしてホールに一人の小柄《こがら》な男の子が入って来ました。黒い髪、黒い目をした子で、おどおどと周囲をながめまわしました。

「こんばんは、わたしはヤヌシュ・コルチャックです」コルチャックはいぶかしげな顔をしている子どもに握手《あくしゅ》の手を差し出しました。

「こんばんは」スタシェクはやっと聞き取れるほどの小さな声で答えました。

他の子どもたちは大声でげらげらと笑い出しました。

「君は用務員さんの時計を盗んだそうだが、本当かい？」コルチャックは聞きました。

「違う」スタシャクは小さな声で答えました。

ホールに唸《うな》るような声、足を踏み鳴らす音、口笛が拡がりました。

「そいつ、嘘《うそ》を言ってるぞ！」一人が叫びました。「信じるな！」

「みんな、待ちなさい、落ちついて」コルチャックはなだめました。「ひとつひとつ順番に聞いてゆきます。まずは、用務員さんは時計が無《な》くなったと言ったのですか？」

「そうです」ファルスカさんはうなずきました。「三日前のことです」

「用務員さん自身が時計を無くしたのではない、あるいはどこかに置き忘れたのでもない、それは確かなことなのですね？」

「わたしは用務員のミコワイを信頼しています。彼はあちこち探したけれど、時計はどこにも無いと言っています」ファルスカさんは答えました。

「わかりました。それではなぜスタシェクがミコワイさんの時計を盗んだとわかったのですか？」

「スタシェクが用務員の部屋から出て来るところをゼネクが見たからです。スタシェクはそわそわびくびくしていたそうです」

「スタシェク、その通りですか？」

「うん」

「用務員さんの部屋で何をしていたのか、話すことはできますか？」

「できない」

「どうして？」

「どうしてかも言えない」スタシェクはうつむきました。

「ほら、おわかりでしょう！　この子は何の言い訳《わけ》もできません。罪をおかしたからです」ファルスカさんは言いました。

「スタシェクは罪を犯したんだぞ！」子どもたちは叫びました。

「待ってください！　急いで罪を着せるものではありません。まだ証拠は不十分です」コルチャックはみんなを落ち着かせました。

「問題はすでに明らかになっていると思いますよ」ファルスカさんは頭を振《ふ》りました。

「人間は、たとえ最悪の罪を犯したとしても、弁護され、裁判を受ける権利があるのです。どうしてスタシェクからその権利を奪うのですか？」

「あなたは大袈裟《おおげさ》過ぎます。裁判ですって？　ここにいるのは子どもたちなんですよ。ここで起きた問題はこの施設で処理しなければ」

「おっしゃる通りです。裁判はここで行われます。秘密投票をして、子どもたちが自分たちの中から裁判官を選びます。ファルスカさんが告訴人《こくそにん》に、わたしが弁護人《べんごにん》になりましょう」コルチャックは言いました。

周囲は波をうったように静かになりました。

「どうかこの子にチャンスを与えてください。とにかくやってみましょう……」コルチャックはお願いしました。

「それほどおっしゃるなら、やってみましょう。でも、あなたにも責任がかかりますよ」ファルスカさんはまじまじとコルチャックを見つめました。

「その時は喜んで責任を引き受けます」コルチャックは笑顔を向けると、さっそく取りかかりました。

一時間ほどで子どもたちは裁判官を選び出しました。目撃証人《もくげきしょうにん》のゼネクは時計が無くなった前日の晩、スタシェクが用務員の部屋から不安そうにしながら出てくるのを見たと証言しました。

「被告は、つまりスタシェクは、ゼネクに気がつきましたか？」コルチャックは質問しました。

「たぶん、おれのことには気がつかなかったと思うな」ゼネクは答えました。

「ぼく、気がつかなかった」スタシェクはうつむきました。

「ゼネクはその晩、用務員の部屋のそばで何をしていたのですか？」コルチャックはゼネクに鋭い目を向けました。

「えー、それは答えられないな」

「君が話すか、話さないか、それがスタシェクの運命を左右することになります。何か知っていることがあるのなら、時計とかかわる状況を明らかにできるのなら、君は話さなければなりません。さあ、今、ここで話してください。後では手遅《ておく》れになります」

「えー、だって……おれには知っていること、耳にしたことがあるけど……誰にも話したくないな」ゼネクは冷や汗を流すほどに緊張しました。

「それでは困ります」コルチャックは真剣なまなざしでゼネクを見つめました。「われわれは法廷にいるのです。法廷では真実を、真実のみを話さなければなりません」

「おれはズビシェクとカジクが話しているのを聞いたんだ。誓《ちか》って言うけど、盗み聞きしたわけではない、絶対に」ゼネクは強い力で自分の胸をポンポンとたたきました。「でも二人がでかい声で話していたから少し聞こえたんだ」

「二人は何を話していたのですか?」

「もしもスタシェクがフラヌルから手を引かなければ、一生脅《おど》してやる、と言っていた。それから用務員の部屋で晩に何か起こるとも言っていた。その後、二人して大笑いしていた。それで、おれ、興味があったから、用務員の部屋のそばまで行ったんだ」

「フラヌルって、誰ですか?」ドクトルの眉毛《まゆげ》が持ち上がりました。

「この施設で最年少の子どもです」背をぴんと伸ばし、顔を上げて脇《わき》に立っているファルスカさんが答えました。「五歳になったばかりです」

「その子と二人だけで話すことはできますか？」

「いいですよ」

子ども部屋に入ったコルチャックの元に洟《はな》を垂《た》らした小さな子が寄って来ました。

「君がフラヌルですか？」コルチャックは笑顔を向けました。

「うん、ぼく、みんなに、そう、呼ばれてる」男の子は舌足《したた》らずの口調で答えました。

「スタシェクのことを話してもらいたいのです。スタシェクは君の仲間ですか？」

「うん、一番の仲間。ぼくを守ってくれるから」男の子は真剣なまなざしでコルチャックを見つめました。

「君を守ってくれる？　誰から守ってくれるのですか？」

「他の子たちから。ぼく、昼ごはんと晩ご飯と朝ご飯の半分をその子たちにあげなければならないの。そうしなければ、殺すって言われてる」

「スタシェクは？」

「スタシェクはぼくを守ってくれる。ご飯をとっちゃだめって言ってくれる」

「なるほど」コルチャック先生はうなずきました。「スタシェクをここに呼んできてください」

「分かった、せんせ」フラヌルは歯の欠けた笑みを浮かべました。

部屋にスタシェクが入って来ました。

「先生に呼ばれたので来ました」スタシェクはそう言ってコルチャックを見つめました。

「そうです。君に本当のことを話してほしいのです。君はフラヌルを守ったのですね？」

スタシェクは下を向きました。

「君はズビシェクとカジクに脅《おど》されたのですか？」

スタシェクは口を閉じ、しばらく会話は跡切《とぎ》れました。

「用務員の部屋で何があったのですか？　君は時計を盗んだのですか？」

スタシェクの背中が震え出しました。むせび泣いています。

「だって、ぼく、どうしていいか、分からなかったんだ。二人はいつもフラヌルをいじめ、フラヌルの物を横取りしてる。食べ物も、きれいな枕カバーも」少年は一息で吐きだしました。

「フラヌルは小さくて、弱いから。たたいて脅《おど》したり、遊ばせないようにしたりしてる。ぼく、フラヌルがかわいそうで。ぼくの家にも同じくらいの年の弟がいるから」スタシェクはわっと泣きだしました。「何とかしてあの二人にいじめるのをやめてもらおうと思ったんだ。そしたら、ぼくが100ルーブルを払《はら》ったら、やめるって言った。でもぼくにはお金なんかなかったもん。用務員のミコワイさんはいつも時計をはめずに置きっぱなしにしていた。だから、無くなっても気がつかないかもしれないって思ったんだ……」

「でも、ゼネクに気づかれたんだね……」コルチャックは考え込みました。

「そう。ぼく、ここから追い出されるかもしれない。どこにも行くとこなんてないのに」スタシェクは体中を震わせました。

「だいじょうぶ、落ち着いて」コルチャックは少年の頭をやさしくなでました。「君は良かれと思って行動した。情状酌量《じょうじょうしゃくりょう》の余地がある。すべてを正しい方向に持って行こう。まず君は用務員に時計を返す。そこから始めよう」

「でも、ぼく、時計は持ってないよ。すぐにあの二人に渡したんだもん！」

「それでは、今度はあの二人に尋問《じんもん》することにしよう」コルチャックの目は曇りました。「彼らには法廷で答えてもらいます」

ズビシェクおよびカジクに対する尋問は長引きました。二人は最初のうち、すべてを否定しましたが、やがてついに罪を認めました。

「恐《きょう》かつと言う手段を使うのは臆病者《おくびょうもの》と最悪のギャングだけです。彼らは小さい者、弱い者を脅《おど》し、無力であることを利用します。この件に対し、法廷は公正な判決を下すようにわたしは期待します」コルチャックは意見をまとめました。

裁判官は告訴人ファルスカ、そして弁護人コルチャックの意見を聞いた上で、判決を下しました。スタシェクは無罪に。ズビシェクとカジクは謝罪し、働いてお金を稼ぎ、時計を買いもどしてミコワイさんに返すようにと。

「年長の子どもたちが小さなフラヌルをゆすっていたなんて、思いもしませんでした」ファルスカさんは苦悩の色を浮かべました。「あなたのお蔭《かげ》で明るみに出ました。わたしは罪のない者を罰してしまって……」

「そんなに自分を責めないでください」コルチャックはファルスカさんの手を握りました。一人ですべてを把握《はあく》するのは大変なことです。わたしにはステファ嬢がいますが、あなたはおひとりで頑張《がんば》っているのですから。もしよろしければ、他にも有効な養育手段をお教えしたいのですが」

「お願いします」ファルスカさんは笑顔で答えました。コルチャックは当番制度、新聞の発行、掲示板、涙リスト、感謝リスト、お詫びリスト等々、ドム・シェロトで効果を発揮している養育システムのすべてをファルスカさんに話しました。

終わり、そして新しい始まり

戦争は続きました。コルチャックは前線で医療活動にあたり、一方、ステファ嬢はクロフマルナ通りのドム・シェロトで日々、戦っていました。〝孤児救援《こじきゅうえん》〟協会が子どもたちの生活を支える費用を出してくれましたが、それだけでは足りませんでした。ステファ嬢は週に一度、朝早く、袋を背負ってワルシャワ近郊の村に出かけ、夕方に小麦粉やジャガイモ、穀物を抱えて帰って来ました。彼女の血の出るようながんばりにも関わらず、子どもたちに最良の生活環境を与えることは非常に大変でした。子どもたちはチフスに罹《かか》って高熱を発し、一人、二人と隔離部屋に移され、ベッドが足りなくなりました。危機的な病状に陥《おちい》った子どもは洗濯係りのヴォシャさんが毛布にくるみ、背負って病院へと運びました。ヴォシャさんは立派な人間でした。コルチャック先生はヴォシャさんのことを書き、ドム・シェロトのためにつくした彼女の並外《なみはず》れた献身《けんしん》を強調しています。ヴォシャさんは洗濯女《せんたくおんな》でした。当時、洗濯女という職業は最も蔑《さげす》まれていました。ユダヤ人女性はいくらお金を出してもその仕事に就《つ》こうとはしなかったので、ポーランド人女性のヴォシャさんが引き受けてくれたのです。彼女は子どもたちのシーツや衣類を洗いました。そして子どもたちの打ち明け話に耳を傾け、下校してくる子どもたちを門の前で待ち、子どもたちがいじめられていないかに気を配りました。子どもたちも彼女が大好きでした。戦争時代、ヴォシャさんはステファ嬢を支えました。起床するのは彼女が一番、夜、寝床に入るのは彼女が最後でした。子どもたち全員が眠りにつくと、ヴォシャさんはまるで亡霊《ぼうれい》のようにベッドの間を歩き、子どもたちの毛布をかけ直したり、枕の位置を正したりしました。時に子どもたちの頭をなで、寝息を確かめました。

「神様、もっとたくさんのパンとジャガイモと石炭をお願いします」子どもたちは祈りました。

「戦争は本当に終わるのかしら。信じられなくなったわ」ステファ嬢は小声でつぶやきました。

戦争は終わりました。百二十三年を経てポーランドは独立を取りもどしました。蘇《よみがえ》った国は貧しく、貧困と病気によって多数の死者を出し、何回もの戦争でずたずたの状態でした。それでも国民は希望とエネルギーに満ちていました。オーストリヤ、ドイツ、あるいはロシヤの側に立って戦ったポーランド兵は時に敵どうしになったこともありましたが、ついに同じ祖国へと帰って来ました。

ある日、クロフマルナ通りのドム・シェロトに痩《や》せて、禿《は》げ頭の男の人が不意に現れました。赤毛のあごひげ、そして針金の眼鏡をかけていました。男は庭で遊んでいた子どもたちをじっと見つめています。

「ドクトルが帰って来た！」

「ドクトル先生だ！　ドクトル先生だ！　ワーイ！」子どもたちはいっせいにコルチャックに抱きつき、背中によじ登り、毛の無い頭に触れ、ひげをつかみ、ほおをなでました。

「ようやくもどっていらした。先生がいなくて大変でした……」ステファ嬢も喜びの感情を隠そうとはしませんでした。

「わたしも嬉しいです」コルチャックは一人一人の子どもを抱き寄せ、その頭にキスをしました。「みんなに早く会いたかった。もどって来ることができて本当に良かった！」

ところがドム・シェロトは以前とは変わっていました。何よりも飢《う》えと寒さがひろがっていました。

「冬は始まったばかりだ。子どもたちを守らねば」コルチャックはさっそく行動しました。炭鉱夫と連

ドム・シェロトの建物の前で。ヤヌシュ・コルチャックと子供たち。1938年ころ
（日本ヤヌシュ・コルチャック協会提供）

絡を取り、石炭をもらう手配をしたのです。驚いたことに、車両一杯分の石炭が運ばれて来ました。

「ただし、一日で石炭の荷下《におろ》しをしてください」

炭鉱夫は念を押しました。

「そうしなければならないことは、そうしなければなりませんね」そう言ってコルチャックは真っ先に荷下ろしにとりかかりました。その後にステファ嬢、用務員さん、そして子どもたち全員が続きました。子どもたちはボールや食器まで持ち出し、五歳になったばかりのコツィクも手伝いました。コツィクはおまるで石炭を運びました。

「ぼく、荷馬車で百台分の石炭だって運べるもん」コツィクはそう自慢《じまん》すると、真っ黒になった小さな手を見せびらかしました。

その晩、コルチャックはようやく温かいお湯での入浴を終えた子どもたちを食堂に集めました。

「みんな知っているように、掲示板には自分たちの不平、恨《うら》み言、お願いを書き出すことができます。さらに泣いた時に書きこむ涙リスト、それからお詫《わ》びリストもあります。わたしはさらに感謝《かんしゃ》リストが必要だと思いました。それでわたしが一番にみんなへの感謝を書き込みます。職員の皆さんすべてに、そして君たち一人一人に感謝します！　石炭運びを手伝ってくれてありがとう！」

「ワーイ！！！」子どもたちはいっせいに声を上げてドクトル先生に抱きつきました。

静寂《せいじゃく》の部屋

賭《か》け

十二歳のイーダが息せき切ってドクトル先生の部屋に駆《か》けこんで来ました。

「なぐり合いをしてる」イーダはハーハー言いながら告げました。

「どこで？　誰が？」書き物をしていたドクトル先生はしぶしぶと目を上げました。

「ユゼクとアーロン。なぐり合ってる。早くやめさせて。ぐっちゃぐっちゃになって、どこに足があるのか、どこに頭があるのか、わかんない」

ドクトル先生はため息をつきながら椅子から立ち上がり、上着をはおってイーダとともに前庭に出ました。

郵便はがき

料金受取人払郵便

福岡中央局
承認

1

差出有効期間
2022年2月28日まで

810-8790

157

（受取人）
福岡市中央区渡辺通二—三—二四
ダイレイ第5ビル5階

石風社

読者カード係行

注文書◆ このハガキでご注文下されば、小社出版物が迅速に入手できます。（送料は不要です）

書名	定価	部数

＊郵便振替用紙を同封しますので、送金手数料は不要です。

ご愛読ありがとうございます

＊お書き戴いたご意見は今後の出版の参考に致します。

窓の向こう

ご氏名《ふりがな》	（　　歳） （お仕事　　　　）
〒 ご住所	☎　（　　）

●お求めの書店名

●お求めのきっかけ

●本書についてのご感想、今後の小社出版物についてのご希望、その他

月　　日

なるほど、大声を上げる子どもたちにとり巻かれ、二人の男の子が渦巻《うずま》くように取っ組み合っています。

ドクトル先生はじっと立ちつくし、男の子たちの様子を興味深げに観察しました。

「足だけはなしだぞ」先生は突然大声で言いました。「騎士魂《きしだましい》に反するからな」

二人の男の子はなぐり合いを続けています。その時、ちょうど庭を横切った食事係りの女性がドクトル先生の振る舞いに驚き、足を止《と》めました。

「二人を止めるべきです！」女性は大きな声で言いました。

ドクトル先生は女性の腕をつかみ、彼女をわきによけました。

「男の子になぐり合いは必要です」先生は言いました。「それを止めることはできません。しなければならないのは、限度を越さないように見張っていることだけです。足を使うのは騎士精神に反しますからね」

「おかしな考えね……わたしは違う風に教えられたけどね。子どもは行儀《ぎょうぎ》の良いのが一番だって。でも、ドクトル先生がそう言うのなら、口出しはしませんがね」

昼食後、後悔《こうかい》の思いをにじませたアーロンがドクトル先生の部屋にやって来ました。

「おれはもうなぐり合いはしない。誓《ちか》う」

「そうだ、君と賭《か》けをしよう」コルチャックは提案しました。まず君がどんな賭けにするかが問題だ。その賭けに君が勝ったら、ほうびとして君は二個のミルクキャンデーを手にする。どうだね？」

「いいよ！」アーロンは跳《と》び上がって喜びました。

「それじゃ、何に賭けるのかね？」

「おれはこれからは絶対になぐり合いをしません。約束する」アーロンは自分の胸をたたきました。ポンポンと音が聞こえるほどに強くたたきました。

「だめだ。それは受け入れられない」ドクトル先生は少年に真剣な目を向けました。「わたしが思うに、それは心の伴《ともな》わない提案だ」

「どうして心が伴わないのさ？」

「初めから君の負けがわかっているからだ。あらためて聞く。君にはどんな賭けができるかね？　最初から無理とわかっていることはだめだよ」

「そんなことない！」アーロンは声を荒げました。「先生はおれをわかっていない！　おれは一度決めたことは何があっても実行する……」

「君は毎日、毎日なぐり合いをしている。どうしてそれをすぐにやめられるだろうか？　無理をせず、少しずつだ」

「うん、それなら、なぐり合いは月に一回とする。それならいいだろ？」アーロンは少しふくれっ面《つら》になって答えました。

「いや、一週間に二回としよう。それが最も現実的だ」

「それなら一週間に一回は？」アーロンはちょっぴりがっかりしましたが、でも心の中ではドクトル先生の言う通りだと思いました。

「うん……そういうことにしよう。うまくいくかもしれない」先生は笑顔になって少年の肩をたたきました。「君の賭けをノートに書いておくからね」ドクトル先生はさらに言いました。

アーロンは自分が約束の守れる人間であることをドクトル先生に見せてやろうと決心しました。〝何が起ころうと、おれはこの賭けに勝ってやるぞ〞アーロンはそう考え、そのことを掲示板に書きました。

「あいつ、どうしちゃったのかな？」他の子どもたちは首をかしげました。翌週、アーロンは一度も取っ組み合いをしませんでした。今までは誰かが発した一声ですぐに手を上げていた少年が、今はおだやかに腰を下ろし、考え事にふけり、けんかを売る隙《すき》を与えません。

「おれ、勝ったよ」一週間が過ぎた時、アーロンは満足げにドクトル先生に告《つ》げました。

「おめでとう」先生はアーロンに二個のミルクキャンデーを渡しました。「次は、なぐり合うのは月に二回までにしてはどうだね？」

「先生はできないと思ってるだろ？」アーロンはせせら笑うかのように答えました。「もう、おれ、自信まんまんだよ！」

静寂《せいじゃく》の部屋

〝ここは人で溢《あふ》れている。まるで蜂《はち》の巣のようだ〟コルチャックは朝食中の子どもたちを見ながら考えました。〝どんな子だって時には孤独《こどく》と静寂《せいじゃく》を必要とするものなのに〟

午後、掲示板に一枚の紙が貼《は》られました。

すべての希望者のために学習室のひとつに静寂の部屋を作ります。

「あれって何さ?」子どもたちは質問しました。

「そこで何をするの?」

「どうして静寂なの?」

「静寂の部屋、それは一人一人がそこで自分と向き合う場所です」ドクトル先生は説明しました。「考え、祈り、あるいはただじっとすわっている所です」

「祈りたくない人はどうするの?」

「祈らなくていいのです」

「お祈りしたい人は?」

子どもたちと合奏するヤヌシュ・コルチャック（ドム・シェロト）。1923年
（日本ヤヌシュ・コルチャック協会提供）

「その時は祈ることができます」

「他の子たちといっしょに祈りたい時は……？」

「それも可能です。それならば、掲示板にもう一枚紙を貼りましょう。〝祈りたい者リスト〟です。みんなといっしょに祈りたい者は朝食前にそこに自分の名前を記入する。そして朝、静寂の部屋に集まるのです」

翌日、窓の外がまだ薄暗い頃、誰かがおずおずと静寂の部屋のドアをノックしました。

「どうぞ」ドクトル先生はドアを開けました。「待ってたよ」

「お祈りに来たよ」数人の子どもが入って来ました。

ドクトル先生はリスト、そして部屋に入って来た子どもたち一人一人にそっと目を向けました。

〝おや、リストに記入していない子もやって来たぞ……それに、リストに記入したはずの数人は来ていない〟ドクトル先生は変に思いました。

「それでは始めようか」先生は言いました。「誰も自己流のやり方で祈ることができます」

「ドクトル先生が最初だよ」

「いいですよ。それでは……創造者《そうぞうしゃ》である神よ、あなたがリストの心までをぼろぼろにしたことに感謝します」ドクトル先生は自分流の皮肉っぽい祈りの言葉を口にしました。「あなたがナイチンゲールと南京虫を創造されたことに感謝します。空気が魚を窒息《ちっそく》させること、稲妻《いなづま》と桜が存在することに……神よ、感謝します」

「神よ、感謝します」子どもたちもみんなそろって真剣に神に感謝しました。

続いて静寂の中、一人一人がその子の能力に応じて祈りの言葉を述べました。中には家で父親が唱えていたカディシュ（ユダヤ教の中で最も重要な祈りのひとつ。神を称《たた》え、救済に対する希望を表現している）を思い出し、口にする男の子もいました。

祈りへの参加は全くの自由意志で、祈りたい者リストに名前を記入した子もいれば、記入しなかった子もいました。毎日のように祈りに来る子もいれば、時々の子もいました。

ステファ嬢は静寂の部屋にたくさんの花や緑の植物を置きました。子どもたちはそこに喜んでやって来て、椅子に座ったり、時には床に横になり、静寂の中で自らの思いに浸《ひた》りました。どんな思いかって？それはわかりません。

君たちに憧《あこが》れる思いを与えよう

「本当に他に可能性はないのでしょうか？」コルチャックは考え込みながら赤毛のあごひげを引っ張りました。

「最初から分かっていたことではありませんか。すでにお互いに納得《なっとく》したことです」ステファ嬢は神経を高ぶらせました。「ドム・シェロトに在籍《ざいせき》できるのは七歳から十四歳までの子どもたちだけです」

「十四歳の子がもう大人だとでも言うのですか？　まだまだ子どもですよ……」コルチャックは頭を振りました。「決まりごとはいつだって必要に合わせるべきです。コツィクがここにやって来たのは五歳になったばかりの頃でしたね……」コルチャックはまるでいたずら小僧のような笑みを浮かべました。

「とりわけ困難な状況にある小さな子どもを受け入れることは委員会で何とか言い訳ができます。でも、十四歳の子はここを出なければなりません。それが原則です。それに、わたしたちは養育を必要とする新しい子どもたちをさらに受け入れなければなりません。待機児童《たいきじどう》がたくさんいることは先生もごぞんじですよね……」

「はい、知っています……」コルチャックの顔にさびしい影がさしました。「最初に入って来た子どもたちともうじき別れなければならない。ここ以外のどこかに仕事と安らぐ場所があり、善良な人々がいるとあなたは思っていますか？」

「わかりません」ステファ嬢はつぶやくように答えました。彼女もまた苦しい思いをしているのでした。

「年長の子どものうち、数人はここに残して、年少の子どもたちの面倒《めんどう》を見てもらってはどうでしょうか……」

「そうですね……それは良いアイデアだと思います。ここには今では百人以上の子どもがいますからね。でも、全員を残すわけにはいきません。待機児童がいるのですからね。十四歳を迎える子には自分で自分の道を切り開いてもらわなければなりません」

ドクトル先生は少し元気を取りもどしました。

「それで、何人の子どもを新しく受け入れることができるでしょうね？」先生は聞きました。

「多くても十人でしょうね」

「そうですか、それではこうしましょう。まずは、ここ残って新入児童十人の世話に当たる希望者を募集する掲示を出しましょう。その後、希望者の中から最適の者を選ぶのです」

「どうやって選ぶのですか？」

「簡単です。観察するのです。希望者をゴッワヴェクのサマーキャンプに連れて行きます。そこで彼らは養育の仕事に向いているかどうか、自ら知ることができます。わたし自身もそうでしたからね」

希望者募集の紙が掲示板に貼《は》られました。間もなく十四歳を迎える、あるいはすでに十四歳になった年長生徒のほとんどがそこに名前を記入しました。中には退所年齢までにまだ二、三年の時間があるにもかかわらず、記入した子どももいました。そうしているうちに六月が終わりを迎え、最年長の子どもたちととりあえず別れる時がやって来ました。全員が食堂に集まってお別れ昼食会が開かれ、食事が終わると娯楽サークルのメンバーが音頭《おんど》を取ってダンスや歌を楽しみました。ドクトル先生は先頭に立ってケンケンしながら跳《と》び回ったり、大声で歌ったり、積み木で列車を作ったりしました。

そして先生は最後に次のように挨拶《あいさつ》しました。

すでに去って行った者たち、これから去ろうとしている者たち、さようなら。

長く遠い道中へと旅立つ者たち、さようなら。その旅の名前は〝生《せい》〟です。

わたしたちはどんな別れ方をしようかと、何度も考えました。どんな助言《じょげん》をしようかと、何度も考えました。しかし、残念ながら、貧しくて弱い言葉しか見つかりません。

あなた方に与えることのできるものは何もありません。

神を与えることはできません。なぜなら神は自らの力で自らの心の中に探すものだからです。

祖国を与えることもできません。なぜなら、祖国は自らの心と考えを働かせて見つけ出さなければなりません。

人間の愛を与えることもできません。なぜなら許しの無い愛は存在しないからです。許すということは、各々が自分で引き受けなければならない厄介事《やっかいごと》です。

しかしながら、あなた方に与えることのできるものがひとつだけあります。それは今はないけれど、いつか手にできるであろうより良い生への憧《あこが》れです。真実と正義の生への憧れです。

もしかしたら、その憧れがあなた方を神へ、祖国へ、愛へと導いてくれるかもしれません。

大《たい》したことない

電車の中は騒《さわ》がしく、しかも混んでいました。車輛のほとんどを占めているのはドム・シェロトの子どもたちでした。

「この子たち、一体どうしたらおとなしくしてくれるのかしら。立ち上がったり、動き回ったり、一時も口を閉じることがないんだから。でも、今日はおとなしくなんかしてくれるわけがないわね」ステファ嬢はそれでも騒いでいる子どもたちを何とか静めようとしました。

「もし、あなたがこの子たちの立場だったら、おとなしくしていられますか？」ドクトル先生は笑って聞きました。「何《なに》せ、サマーキャンプに出かけるのですからね！」

その通り。子どもたちは、それはそれはキャンプを楽しみにしていたのです。指折り数えて待っていたのです。今、彼らは窓ガラスに鼻を押しつけ、窓の外に広がる景色に見入っています。

「到着だ！」ゴッワヴェク駅に近づいていることにいち早く気がついたレイブシが大声を上げました。

「やったー！」子どもたちは叫び、立ち上がり、一斉《いっせい》に出口へと向かいました。ステファ嬢の手がそれを制《せい》しました。

「二人一組で並び、静かに降りましょう。急がずに、他の子を押したりしないように」

「ステファさんがいなかったら、まったくお手上げだな……」ドクトル先生はぼそっとつぶやき、いたずらっぽく笑いました。

　ミニバラを意味する〝ルジチカ〟と言う名の林間学校は街中の騒々《そうぞう》しさから遠く離れ、瑞々《みずみず》しい空気に満ちた森の中にありました。囲いのある広い敷地の中ではボールを蹴《け》ったり、パラント（＊木のスティックとボールを使った集団競技）や鬼ごっこをして遊ぶことができ、ドム・シェロトのせまい前庭になじらされてきた子どもたちをわくわくさせました。ここでは日々、遊ぶことがもっとも大事な日課でした。子どもたちは思う存分に体を動かしました。一方、コルチャックとステファ嬢は若い養育者候補生《こうほせい》の行動を観察し、彼らと話し合い、質問しました。

「君は何のために子どもを相手に働きたいのですか？」ドクトル先生は候補生の一人に質問しました。

「わ、わたしは、子どもを愛しているからです……」一人の少女は答えました。

「それなら、いずれ結婚することですね。そして五人か六人の子どもを持つことです。そうしたら子どもへの愛を十分に味わうことができるでしょう」

「子どもを愛していると言う者がいたら、その者はいずれ子どもたちに我慢《がまん》できなくなると考えた方がいいですよ」コルチャックはステファ嬢に言いました。「子どもに対する愛などという問題は言葉で表現できることではないのです」

「わたしはもっぱら子どもと関《かか》わる仕事がしたいのです。子どもはそれを必要としています」別の候補生は言いました。

サマーキャンプで。1938年
（日本ヤヌシュ・コルチャック協会提供）

「なぜ、もっぱら子どもなのだね？　他の仕事だっていいわけだろう？　少なくとも子どもと関わる仕事は楽ではない。君は子どものすべてに、睡眠にも食事にも健康にも責任を持たなければならないのだよ。腕白《わんぱく》小僧《こぞう》たちが取っ組み合いのけんかをしていないか、いつも注意していなければならないしね」ドクトル先生は養育の仕事をしたいと言う者に何よりも責任感を持ってほしかったのでした。

「そのつもりでいます。わたしは一度決めたことはやりとげます」さらに他の少女は答えました。ドクトル先生はヒンダというその子を慎重《しんちょう》に観察しました。

「ヒンダの変わりようときたら、びっくりですね」先生はステファ嬢に言いました。「あんなに反抗的だった女の子がすごく真面目《まじめ》な娘になりました。まるで卵を抱く雌鶏《めすどり》のように子どもたちの後ろを駆けまわっています」

なるほど、ヒンダは懸命《けんめい》に養育者としての義務を果たしていました。遊びの準備をし、食事前に手を洗ったかに気を配り、就寝時になると寝床の用意をしました。ある日、ドクトル先生はヒンダとともに子どもたちを川辺《かわべ》に連れて行きました。到着すると子どもたちは散らばり、それぞれお気に入りの遊びを始めました。砂でケーキ作りをする子、城や要塞《ようさい》、運河や湖づくりをする子どもたち。彼らは砂で作ったケーキやドーナツをドクトル先生に持ってきました。ヒンダも子どもたちといっしょになって遊びました。

「ここにおすわり」ドクトル先生はヒンダに手を振って合図をしました。「もう子どもたちだけにしておいてもだいじょうぶです」

ヒンダは砂の上に腰をおろし、ドクトル先生の目を見ました。先生の目は深く、穏やかで、父親のように優しい笑《え》みに満ちていました。

その時、突然、子どもたちの間に騒動《そうどう》が起きました。一部の子たちがある子が使っていたシャベルを奪い取り、奪われた子がその子たちが作った砂の作品をすべて踏《ふ》みつぶしたのです。

ドクトル先生は駆けつけ、男の子の腕をつかみました。

「そんなことをしてはいけない！」先生は大声をあげました。「乱暴者だな、君は！　壊《こわ》したことを謝《あやま》って、全部直すんだ。お前さんたちもいけないぞ。シャベルは順番に使うもんだろ」

ヒンダはドクトル先生の怒りの爆発に驚くことはありません。先生は子どもたちが何か騒動を起こすと、どこか滑稽《こっけい》なやり方でまずは〝罵《のの》る〟ことを彼女は知っています。しかしながら、先生の手にかかると、騒動はいつも平和裏《へいわり》に終りを迎えるのです。

「ごめん」シメクはぼそっとつぶやくと、こわした砂の建物を直し始めました。

夕食が終わるとベッドに入る前に子どもたちは足を洗いました。

「足をきれいに洗うのはとても大事なことだよ」取り仕切るのはドクトル先生です。先生は誰よりも先に靴を脱ぎ、靴下も脱ぎました。「わたしは大きいかな、小さいかな？」ドクトル先生は聞きました。「わたしが上手に足を洗えると思うかな？」

「大きいよ、大きいよ！」小さな子どもたちは大きな声で答えました。

「今度はかかと洗いを楽しもう」ドクトルはブラシでかかとをこすりました。「もう十分でしょうか、それともまだでしょうか？」ドクトル先生は子どもたちに自分のかかとを見せました。

「十分ではないです！」子どもたちはどっと笑い出しました。

「君たちもわたしのように楽しまなくては！　さあ、みんなはどうやってこすっているかな」

「ドクトル先生、わたしのかかと、きれいでしょ」ルージャがコルチャックのズボンの裾《すそ》をぐいと引っ張りました。

「わたしのも見て！　ぼくのも見て！」子どもたちは口々にさけびます。

「ドクトル先生！　ドクトル先生！」フェラが大きな声で先生を呼びました。「リショは全然洗っていないよ。水に入って、すぐに出ちゃったよ」

「リシャの様子を見て来てください」コルチャックは小声でヒンダに告げました。「手助けが必要かもしれません」

　ところがリシャははだしのままで外に逃げ出してしまいました。

　子どもたち全員が寝つくと、ドクトル先生は養育者候補生を集めました。

「君たちはすべてを記録しなければなりません。観察したことを記《しる》しておくのです。それは非常に大事なことです」コルチャックは説明しました。「毎晩、三〇分をその日の反省にあてるのです。どんな困難があったか、誰に、なぜ、手を焼いたかをね。〝子ども〟という一般的なイメージを避《さ》けることです。モシェク、ハイメク、ルージャ、マリシャを理解しない養育者は子どもと関わる仕事をすべきではありません。どんな些細《ささい》なことであっても、何か質問や疑問がある場合は、いつでもわたし、あるいはステファ嬢に聞いてください。そして忘れないでほしいのは、子どもに教えなければならないのは自主性だということです。単なる同情から、彼らに代わって何かをしたりしてはいけません。誰もが、すべてを自ら自分で学ばなくてはならないのです」

サマーキャンプ〝ルジチカ〟の明かりがすべて消えました。しかし、隔離室《かくりしつ》にだけはまだランプが点《つ》いています。病気の子どもたちと寝る、いや、むしろ病気の子たちのそばに居て看護にあたるのはドクトル先生です。子どもたちのためにおまるを用意し、尿を捨て、飲み物を持って来たり、熱を測《はか》ったりしました。

「先生はまた寝なかったのですね」ステファ嬢は心配そうに声をかけました。

「大《たい》したことないです」ドクトル先生は笑ってみせました。

「そう、大したことない、大したことない」ステファ嬢は声を荒げました。「その大したことないが原因で、いつか先生自身が病気になりますよ」

コルチャックはおだやかな笑みを浮かべるばかりでした。

「わたしは子どもたちのために生きているのですから」コルチャックは両手を広げて答えました。

堪忍袋《かんにんぶくろ》の緒《お》

ナシュ・ドム（わたしたちの家）

マリナ・ファルスカさんがキエフからワルシャワにやって来ました。彼女はコルチャックと出会って以来、養育に対する考え方を完全に変えていました。そしてワルシャワ郊外のプルシュクフに設けられたポーランド人労働者の子どもたちのための孤児院運営を勧《すす》められていました。その施設名は〝ナシュ・ドム（わたしたちの家）〟と言いました。

「またお会いできて嬉しいです」コルチャックはファルスカさんを迎えました。「あなたでしたらうまく運営できると思いますよ！」

こうして一九一九年十一月、プルシュクフのツェドロヴァ通りのそれほど大きくはない建物に五十人の貧しい子どもたちがマリナ・ファルスカさんとともに住みつきました。コルチャック先生は週に二度、ナシュ・ドムに通うようになり、ふたつの施設の責任が肩にのしかかって、大忙しでした。医師として働き、さらに新聞の発行に関わり、様々な機関の会議にも出席し、さらに本も書いていました。

「それらすべてをコルチャック先生はどうこなされているのですか？」マリナさんはステファ嬢にたずねました。

「いずれ体をこわしますよね」ステファ嬢は手を揉《も》みながら答えました。

ナシュ・ドムは少しずつ動き出しました。しかし、大きなエネルギーを必要としました。建物はありきたりの賃貸《ちんたい》集合住宅で、小さな庭どころか、子どもたちが駆け回るスペースもありませんでした。それにもかかわらず開設当初から新聞が発行されました。発行者はマリナ・ファルスカさんとコルチャック先生と子どもたちです。

初期に発行された新聞のひとつにマリナさんは次のように書いています。

ナシュ・ドムに子どもたちが入居した時、ここには椅子もなければテーブルもありませんでした。電気も来ていなかったし、ストーブ用の薪《まき》も少なく、食べ物やパンすら足りない状況でした。クロークルームもなければ、コートを掛《か》ける場所も、物をしまう場所もありませんでした……

そんな困難な中にあってもすでに当番が動き、掲示板が掲げられ、手紙ポストが設置され、子どもたちは義務としての日課を果たしました。自ら率先《そっせん》して様々な仕事を分け合いました。すべてが不足し、節約を強いられましたが、子どもたちは衣服や靴や家具や食器や本をできる限り汚さないように、傷つけないようにと気をつけました。食べ物を残す子は一人としていませんでした。食事前に各自が食べる量を、小、中、大と当番に告げる約束になっていたのです。テーブルに置かれるパンも少量でした。ある日の朝食時、小さなヤネクは自分のパン切れに頭を下げ、うやうやしくキスをしました。そして〝今、食べようか、それとも後《あと》に残しておこうか〟と考えました。

建物は粗末で狭く、日常生活はとても大変でしたが、子どもたちは自分たちの居場所があることを喜び、様々な遊びを考え出しました。そのひとつが〝ヘビ〟ごっこです。手をつなぎ合い、歌をうたいながら階段や部屋や廊下を歩き回るのです。マンドリンを弾《ひ》いたり、ボール遊びをしたり、徒歩で遠足にも出かけました。みんなが一番喜んだ遊びはチェスなどの卓上《たくじょう》ゲームでした。

マリナさんは子どもたちに対する細やかな心づかいを欠《か》かしませんでした。しかし子どもたちが大好きだったのはドクトル先生の方でした。

「ドクトル先生はやさしくて親切で、面白いけれど、マリナ先生は少しこわいよね」子どもたちの間ではそんな言葉がささやかれました。

マリナ・ファルスカさんは確かに冗談《じょうだん》を言うような面白《おもしろ》い人間ではありませんでした。背が高く、いつも黒い服に身を包み、めったに笑うこともなく、威厳《いげん》に満ちていました。服の襟《えり》と袖口だけは白く、しかも黒い髪を結い上げ、ピンでとめていて、まるで修道女《しゅうどうじょ》のように見えるのでした。

「マリナ先生の目って、時々氷のように見えるけど、あんたは気づいていた？」マーニャはクリシャに言いました。

「そうかもね……でも時々、空のようにも見えるよ」クリシャは笑って答えました。

マリナさんには確かにきびしい面はありましたが、子どもたちをとても大事にしました。ナシュ・ドムにドクトル先生がやって来ると、子どもたちはそろって駆けより、身を寄せました。先生は笑って子どもたちと走り回り、石けりや縄《なわ》とびをして遊ぶのです。時には自ら作ったお話を聞かせることもありました。

「このお話、どう思う？」ドクトル先生は質問しました。「良く書かれているかな？」

「うん、面白いよ！　先生、人食い人種の話も書いてよ！」

「魔法のお話も！」

「旅の話がいい！」

「いや、中国人の話がいいな！」

「いや、アフリカのお話がいいよ！」子どもたちは口々に言います。ドクトル先生は考え込み、時にはその後で本の内容を直すこともありました。

「子どもたちはわたしの最初にして最も重要な批評家なのです」コルチャックは不思議そうな顔をしているマリナさんに説明しました。「ドム・シェロトでも同じです。わたしが何を書くべきか、子どもたちが助言してくれます。わたしは彼らの進言に耳を傾けます。彼らのために本を書いているのですからね！」

ナシュ・ドムの子どもたちとヤヌシュ・コルチャック。1933年
（日本ヤヌシュ・コルチャック協会提供）

「もし、今ここにみんなの願いをすべてかなえてくれる妖怪《ようかい》が現れたら、君たちは何をお願いするかな？」ドクトル先生は子どもたちに時々そんな質問をしました。

「ぼく、レバーソーセージがほしい」ミハシはためらうことなく答えました。

「ぼくはサルツェソン（＊豚や子牛の頭肉、臓物、皮などを細かく刻み、香辛料を入れて煮固めたソーセージ状の食品）とレバーソーセージ」カジクは夢見るような顔をして言いました。

「わたしはソーセージとキャベツの炒《いた》め物、それからウインナーソーセージ！」

「おれは黒ソーセージ」

「ぼくは具だくさんのスープがいいな」ミェチョはそう言うとため息をつきました。ドクトル先生は考えました。ナシュ・ドムの子どもたちのために食費を増やさなければと。

悲哀《ひあい》そして労働

コルチャックは軍少佐の階級を得ました。常に勤務する必要はないものの、ポーランド予備軍の士官として、動員がかかった時にはいつでも務めに応じる用意が必要でした。さらに医師としてはチフスが蔓延《まんえん》している軍病院で働きました。

そうしているうちにまた戦争（＊ソヴィエト－ポーランド戦争　１９２０～21年）が始まりました……ソヴィエト＝ロシヤは次の共和国にするつもりだったポーランドの独立を受け入れることができなかったのです。

「これって、いつか終わるのかしら？」ステファァ嬢は自問しました。ドム・シェロトと子どもたちのことが心配でした。そして自分の体に何の気くばりもしないコルチャックのことが心配でした。「悪い結果に終わるのでは！」ステファァ嬢はコルチャックに目を向けながら声に出して言いました。

ステファァ嬢の心配は現実のものとなりました。コルチャックがチフスにかかったのです。彼の母親、ツェツィリヤ・ゴールドシュミットは高熱でほとんど意識のない息子を自宅に連れ帰り、日夜、看病しました。彼自身は母親がつきっきりで薬を飲ませてくれていることなど、知りませんでした。そして、残念なことにチフスは母親に感染し、数日後、ツェツィリヤ夫人は亡くなってしまいました。

ヤヌシュ・コルチャックにとって母の死は大きな打撃《だげき》でした。意気消沈《いきしょうちん》し、長い間、自分を取りもどすことができませんでした。

一九二〇年春、コルチャックは少しずつ体力を回復し、再び、ものを書き始めました。しかし、完全復活とはゆかず、見舞いに来た人に読み上げた内容を書き取ってもらいました。当時書いていたのが『神と差し向かいで――祈らぬ者の祈祷書《きとうしょ》』です。コルチャックはこの作品を両親に捧《ささ》げました。十八歳の時に失った父親に、そして自分のチフスを感染させて亡くしてしまった母親に。コルチャックは母親を失った後、長い間、心の空白を埋《う》めることができませんでした。その時の心境を次のように記《しる》しています。

母よ、父よ、死者と生者のつぶやきに耳をすますことを教えてくれてありがとう。死という美しい時間の中に生の秘密があることを教えてくれてありがとう。

コルチャックの祈祷書《きとうしょ》が生まれたのはこの時です。コルチャックは書いています。

わたしは背筋《せすじ》を伸ばして要求します。自己の利益のためではないのですから。

子どもには幸運を与えてください。努力する子どもには援助の手を、困難にある子どもには恵みを与えてください。

安易《あんい》な道を通って子どもを導くのではなく、美しい道を通って子どもを導いて下さい。

わたしの宝物である悲哀《ひあい》と労働を手付金《てつけきん》として受け取ってください。それがわたしの願いです。

そう、悲哀と労働が手付金です。

子どもの心

「先生は今日、何をそんなに考えこんでいるのですか？　何かあったのですか？」ステファ嬢はいつもと様子の違うコルチャックに目を向けました。子どもたちもドクトル先生の様子がおかしいことに気がついていました。いつもだったら食事のテーブルにつくと、先生は面白い顔をして見せたり、他の人の皿の食べ物を失敬《しっけい》したり、ジョークを言ったりして周囲の者たちを楽しませるのですが、この日に限っては真面目な顔をして自分の世界に入りこんでいます。

「はい」ドクトル先生はため息をつきました。「国立特殊《とくしゅ》教育研究所で講義《こうぎ》をするようにと招《まね》かれたのです。どう返事したものかと、考えているのです」

「先生、おれたちのことを話しなよ」レイブシが大きな声で言いました。

「ぼくのことも話して」コツィクはドクトル先生の膝《ひざ》によじ上りました。

「わたしのことも」コツィクの様子を見ていたルージャはうらやましそうにドクトル先生の肩に身を寄せました。

「おお！　君たちの言うとおりだ！」ドクトル先生は大声を上げました。「具体例を話すのが一番いいものな。君たちがいて、わたしは何と幸せなことか」子どもたちは一斉《いっせい》にドクトル先生に駆け寄り、先生の頭を軽くポンポンたたいたり、手足を引っ張ったり、禿《は》げ頭にキスをしたり、顎《あご》ひげをなでたりしました。ドクトル先生はそんな子どもたちを嬉しそうに抱き寄せました。

〝よくもまあ、なされるがままにしていられるものだわ！〟ステファ嬢は心の中で思いました。が、口には出しません。口に出して言ったところで、先生は耳を貸さなかったことでしょう。

国立特殊教育研究所のホールには二十三人の学生が集まっていました。彼らは大きな関心を持って、すでにあれこれと耳にしている新しい講演者を待っていました。突然、ドアが開いてコルチャック先生が入って来ました。小柄で地味《じみ》で禿《は》げ頭、そしてあごひげ、眼鏡《めがね》をかけています。将校の粗末《そまつ》な軍服を身につけ、小さな男の子の手をとり、導いて来ました。

「皆さん、レントゲン室へ移動してください。わたしはそこで講義をします」コルチャックはそう言うと、男の子を連れてホールを出ました。

レントゲン室は狭くて暗い部屋でした。学生たちはコルチャックを取り囲みました。

「ぼく、怖《こわ》いよ」コッィクは小声で言います。

「わたしもだよ」ドクトル先生は笑みを浮かべて答えました。「でも、何とかやりとげよう！　シャツを脱ぎなさい」先生はコッィクにウインクすると、レントゲン装置の調節をしました。

「それって、ランプなの？」コッィクはたずねます。

「まあ、そのようなものだな」ドクトル先生は答えました。「お前さんの背中や胸を照らすと、体の中が全部見えるんだよ」

「へえ！」コッィクは感嘆《かんたん》の声を上げました。

ドクトル先生は装置のスイッチを入れ、学生たちはスクリーンに映し出された少年の心臓の画像を目にしました。心臓は速く、不規則に、おずおずと拍動していました。

「皆さん、これをよく見て、記憶《きおく》してください」コルチャックは静かではあるけれど感動的な声で言いました。「恐怖心を抱いている子どもの心臓はこのように見えます。感覚の分野において、子どもは大人とは違います。したがってわたしたちは子どもの立場に立ち、彼らがどのように喜び、愛し、悲しみ、怒り、羞恥心《しゅうちしん》を持ち、恐れを抱き、期待感を持つのか、彼らに共感し、理解しなければなりません。それが子どもの心です」

「コツィク、良くやったぞ」講義が終わるとドクトル先生はコツィクを抱き寄せました。

「先生も良くやったね！」少年は歯の欠けた笑顔を先生に向けました。「ぼくたち、ケーキを食べに行くよね？」

「もちろんだ！」ドクトル先生は嬉しそうにぴょんぴょん跳《と》び上がり、コツィクの手をとると、スキップしながら研究所を後にしました。

ハンカチ

幼稚園教師を目指す六十人の女子学生が講師の到着を今か今かと待っていました。

「遅いね」学生たちはため息まじりにつぶやきました。「コルチャック先生って、お忙しい方だからね……」

「どんなことを話すのかしら？」この日の講義に初めて出席する一人の学生が聞きました。

「どんなことって？　子どものことに決まってるじゃない」

「だから、子どものどんなこと？」

「それは聞いてみなくちゃ」

ようやくコルチャック先生がやって来ました。どうやらお疲れの様子《ようす》です。

「おそくなってすみません」先生は言いました。「午後じゅう、ずっと子どもたちが鼻をかんだ後のハンカチに目を通していたのですが、その観察に何やら引き込まれ、時間の感覚を失ってしまいました」

「わたしたちのことをばかにしてるんじゃない！」新入りの学生は隣の学生にささやきました。

「こどもたちのハンカチは貴重な知識の宝庫《ほうこ》です」コルチャック先生はそう続けると、新入り学生の方に目を向けました。「そこには驚くべき発見があります。医学的観点から分泌物《ぶんぴつぶつ》の色に着目《ちゃくもく》しなければならないことは言うまでもありませんが、その他に、ハンカチは子どもたちの宝物の保管場所とも言えるのです。今日、わたしが見つけたのは、二個の珊瑚玉《さんごだま》、キラキラしたチョコレートの包み紙、貝殻《かいがら》、鳥の羽……さらにある子のハンカチはくしゃくしゃしていて、汚れています。またある子のハンカチは清潔と言えるかどうかは別にして、きちんと折りたたまれています。目立つことのない鼻をかむためのハンカチひとつから持ち主の個性をうかがい知ることができます……」

未来の幼稚園教師たちはコルチャックをじっと見つめ、その話に耳をすませました。

「宿題として出すのは、あなたたちにそれぞれの子ども時代の思い出を書いてもらうことです。書いたものは誰かまとめてドム・シェロトまで持ってきてください。わたしはそれを読み、次の講義の時に感想を話します」そう言ってコルチャックはこの日の講義を終えました。

次回の講義は時刻どおりに始まりました。ヤヌシュ・コルチャックは講義室に入ると机のわきの椅子に腰を下ろしました。

「包み隠すことなく正直に書かれた六十のあなたたちの子ども時代の思い出を読みました」コルチャックは学生たちに紙の束《たば》を見せました。「興味深いことにそのうち五十八の思い出は悲しい内容でした。楽しい思い出はわずか二つだけです。そのことは何を意味しているのでしょう？　子どもの人生とは、そう、悲しく、辛いものだということです。生まれたその時からです。母親の心臓の下のお腹《なか》の中では小さな命がぬくもりの中で宿っています。ところがこの世に生れ出ると、その命を包むのは刺すような光、冷気、命を取り上げたがさついた手。新生児は空気にむせ、その後で泣き声を上げます。人は苦痛の中で生まれ、苦痛の中で新しい体験を乗り越えてゆくのです。子どもにとって世界は良い所ではありません。彼らには手を貸さなければなりません。そのことがまさに養育者としての教師の仕事です」

悪口雑言《あっこうぞうごん》

コルチャックは物語の導入部分をどう書こうかと、あれやこれやと考えていました。自分の部屋で心を集中させ、ノートに向かっています。頭の中を行き来しているのは王様になった小さな男の子のお話です。最初の文章を考えていたちょうどその時、ドアが開いて、一人の少年が興奮状態で入って来ました。レイブシでした。

「どうしたんだね？」コルチャックはたずねました。

「ドクトル先生、ブルムカがおれのことを押したから、おれ、ノートにインクのしみをつけちゃった！」レイブシはそう言うとドアをがたんと言わせて出て行きました。

コルチャックは首を振ると、改《あらた》めてノートに向かい、書き始めました。その時、再びドアが開き、クリシャが入って来ました。

「ドクトル先生、わたし、ドミノ遊びをしてもいいですか？」クリシャは礼儀《れいぎ》正しく聞きました。

コルチャックは〝いいよ〟とうなずいて見せると再びノートに向かいました。ところが、またまたドアが開き、泣きっ面《つら》のヤクベクが現れました。

「ぼ、ぼくの、ハ、ハンカチが、な、なくなった！」ヤクベクはしゃくりあげました。

「落し物が入っている棚の中を探しなさい。誰かが入れてくれたかもしれないだろ」コルチャクはそう忠告すると再びノートに向かいました。しかしそれもつかの間、またドアが開き、誇らしげな顔をしたユゼクが入って来ました。

「ハンカチを見つけたよ！」ユゼクは偉《えら》そうに言いました。「窓台の上にのってた」

その瞬間、コルチャックの堪忍袋《かんにんぶくろ》の緒《お》は切れ、ユゼクに様々な形容句のついた言葉を浴びせました。

「わたしの我慢《がまん》の限界に火をつけようとするやつめ！　わたしの忍耐力《にんたいりょく》の基礎石になっているやつめ！　わたしの黄金の平穏と自由の死亡告示となるやつめ！」コルチャックは大声で叫び、一方、ユゼクは目を丸くし、口をぽかんと明けたままドクトルを見つめました。

「物語は終わりだ。一行も書けやしない」そう言うとコルチャックは部屋から出て行きました。

この日、騒動はこれだけではありませんでした。ハイメクが浴室の蛇口《じゃぐち》を開けっ放しにし、床が水浸《みずびた》しになったのです。

「ウー、このうすのろめが、この間抜《まぬ》けめが！」コルチャックは怒鳴《どな》りました。「わたしはお前さんのことを夕食まで怒り続けるからな」コルチャックはハイメクに話しかけることをやめました。

「ドクトル先生、ボール遊びをしてもいいですか？」昼食後、ハイメクはおずおずとたずねました。

コルチャックは聞こえないふりをしました。

ハイメクは肩を落とし、その場から消えました。やがて彼は友だちを連れて再び先生の前に現れました。

「ドクトル先生、ハイメクはボール遊びをしてもいいですか？」仲間のアーロンがハイメクに代わって聞きました。

「ハイメクに伝えなさい。小さなボールで遊ぶのはいいけれど、蹴《け》って遊ぶのはだめだとね」先生は答えました。

「わかったよ」それを聞いたハイメクはおずおずと笑顔を見せました。

「ハイメクは何と言ったかね？」コルチャックはアーロンに聞きました。

「わかった、って言ったよ」アーロンは説明しました。

「それは良かった」コルチャックはアーロンには笑顔を向けましたが、ハイメクの方には顔を向けないままでした。

色々な祭日

ドクトル先生は朝からふざけています。朝食の時には口を鳥の嘴《くちばし》のように突《つ》きだし、テーブルの間をケンケンで跳び回り、舌を出し、他人の皿の食べ物を失敬《しっけい》しました。子どもたちは先生の悪ふざけを笑いました。

「あの人がいないと思う存分にふざけられるな！」先生は食堂の中を跳び歩きながら歌いました。「今日は一日中、楽しめるぞ」そう言うと先生は子どもたちの手を取って階段を上り、廊下を通り、部屋から部屋へと、みんなで手をつないでヘビのようにくねくねと歩き回りました。ステファ嬢は街中に用事があってお出かけなのです。この日をドクトル先生は〝戯《たわむ》れといたずらの日〟としました。

「いいかい、自分たちで祭日を作ることだってできるんだよ」ふざけることに疲《つか》れて、みんなが静かに腰を下ろした時、ドクトル先生は言いました。「たとえば〝寝坊《ねぼう》の日〟なんてのはどうだい？」

「〝寝坊の日〟って？」

「その日だけは朝、何時まででも寝ていていいんだよ！」

「一日中でも？」

「そう！　一日中、布団《ふとん》に入っていてもいいんだ」

「いいね、いいね、そんな祭日があったらいいな」

「あるいは〝汚《よご》れの日〟」ドクトル先生は子どもたちにウインクしました。

「その日は顔や手足を洗わなくてもいいの？」お風呂に入るのが大嫌いなレイゾレクは信じられないような顔をしました。

「〝汚れの日〟には入浴しなくていいのさ」ドクトルは真面目《まじめ》な顔をして言いました。「いや、むしろ入浴してはいけない日にするんだ。どうしてもお風呂に入りたい人は罰金《ばっきん》を払うことにする」

「すごい！」子どもたちは驚きの声を上げました。入浴嫌いの子どもたちは有頂天《うちょうてん》になっています。

「〝最長の日〟というのはどうですか?」夜更《よふ》かし好きのラヘラが質問しました。

「夜遅くまで起きていてもいい日のことかな?」ドクトル先生は笑いました。

「そうです。それとも全く寝なくてもいい日です」ラヘラは顔を赤らめ、みんなは吹き出しました。

「そんな祭日もあり得るね。良いアイデアだ」

「ぼくたち、そんな祭日がほしいです!」子どもたちは口々に言いました。

「それではみんなで決議しよう」ドクトルは言いました。「一番いいのは、議会を招集《しょうしゅう》することだ」

「議会の招集って、何をするの?」

「まずはいくつかのグループに分かれる。そうだな、一グループが五人になるようにする。そして各グループから一名の議員を選ぶ。その議員はグループのメンバーから議案を集め、議会に提案する。議会では議論を重ねて決議する」

「どうやって決議するの?」

「国会と同じ様に投票で決めるのだ」

「それではわたしたちは本物の政府を持つの?」子どもたちは驚きました。

「もちろんだ」ドクトル先生は答えました。「わたしたちは完全な権利を有する市民だからね!」

晩になってステファ嬢《じょう》が帰ってきました。子どもたちは戸口に走り寄り、彼女を迎えました。

「ステファ嬢《じょう》、ステファ嬢! どこに行ってたの? わたしたち、議会を作るよ! それから色々な祭

ヤヌシュ・コルチャックとステファニア・ヴィルチンスカ（ステファ）。
1930年代　（日本ヤヌシュ・コルチャック協会提供）

日も作るよ」子どもたちは大きな声で言いました。

ステファ嬢はコルチャックに疑い深い目を向け、ため息をつきました。

「わたしの留守《るす》をねらって、また悪だくみですか?」ステファ嬢はこわい顔をしてたずねました。でもすぐに笑い出し、跳び回る子どもたちを優しく抱きかかえました。

そしてその夜、掲示板には次のような紙が張り出されました。


みなさん、どうかわたしのことを〝ステファ嬢〟と呼ばないでください。これからはただ単に〝ステファさん〟と呼んでください。わたしはもう年を取っています。それにこんなにたくさんの子どもがいるのに、〝嬢〟と呼ばれる女性がどこにいますか?

議会の決議

最低四票を獲得《かくとく》した者が議員になることに決まりました。全員が投票権を持つものの、議員に立候補《りっこうほ》できるのは法廷で裁判にかけられたことのない者に限《かぎ》られました。そして間もなく自由選挙が実施され、二十人の議員が選出されました。最初に決議されたのは祭日に関する案件でした。

十二月二十二日（冬至《とうじ》）は〝起床する必要のない〟祭日とする。寝ていたい者は起床しなくてもよい。寝床の片づけをしなくてもよい。

六月二十二日（夏至《げし》）は〝寝床に入らなくても良い〟祭日とする。望む者は一晩中、起きていることができる。

初雪の日は〝橇《そり》に乗る〟祭日とする。この日には雪遊びや橇滑《そりすべ》りを予定する。

三百六十五番目のオビヤト（＊一日で一番主となる食事）を食べる日は〝台所の名の日〟とする。食事作りには子どもたちが当たり、料理人たちは休息する。

汚れの日、それは〝入浴してはいけない〟祭日とする。この日、どうしても体を洗いたい者は特別料金を払わなければならない。

〝大鍋《おおなべ》の日〟エレベーターが使えないにもかかわらず、年長の子が大鍋を食堂に運ぶことをこばんだことがあって、わたしは悲しい思いをした。だから、この日はくじに当たった二人の男の子がみんなに朝食を運び、配膳《はいぜん》に当たる日とする。

〝励《はげ》ましの日〟子ども法廷で一年間に最も多く裁判を受けた者はこの日、無罪の判決を受ける。

更なる決議はドム・シェロト住人の社会的地位に関する内容でした。

ひとりひとりの子どもおよび養育者は、一か月間ここに住んだ後、被投票権《ひとうひょうけん》を得る。投票は〝好き（プラス）〟〝嫌い（マイナス）〟〝どちらでもない（ゼロ）〟の三択《さんたく》である。ドム・シェロト住人の社会的地位は評価の結果である肯定票あるいは否定票の数によって決まる。最多プラス票を得た子どもは最大の権利を獲得し、〝仲間〟の地位を得る。大半がプラスではあるけれど、ゼロとマイナスの票もある者は〝住人〟の地位となる。ゼロとマイナスがほとんどだった者は〝どうでもいい住人〟となり、ほとんどがマイナスだった者は〝厄介住人《やっかいじゅうにん》〟とされる。全部がプラス票だった者は〝子どもたちの王様〟となる。

次に議会は記念絵葉書《きねんえはがき》の授与《じゅよ》に関する決議をしました。

絵葉書に関しては以下の通りである。

〝……日（日付）の議会は…誰（氏名）に対して……の理由で記念絵葉書の授与を決議する〟

絵葉書の絵は、その絵を使った理由がわかるものでなければならない。冬の朝、目覚ましが鳴ってすぐに起きたが故《ゆえ》に与えられる記念絵葉書は冬の景色が描かれたものとする。春には、春らしい景色の絵葉書とする。

どの季節においても早起きし、四つの季節の記念絵葉書を集めた者は、〝強い意志〟の絵葉書を獲得することができる。

二五〇〇個のジャガイモの皮をむいた者は〝花の絵葉書〟を得る。

規則違反のけんかやなぐり合いをした者には〝トラの絵葉書〟を与える。

年少者や新入りの世話をした者には〝お世話絵葉書〟を与える。

病気をしたことがない者、成長が早い者、スポーツをしている者は〝健康絵葉書〟を受け取ることができる。

一年以上、誠実に、同じ当番を果たした者は〝ワルシャワの景色の絵葉書〟を受け取ることができる。

ドム・シェロトを卒業した者はすべての子どもと養育者のサインが入った〝忘れな草の絵葉書〟を受け取る。

「絵葉書はほうびではありません」ドクトル先生は説明しました。「記念品であり、思い出の品です。その絵葉書を人生の途中で失《な》くしてしまう者もいるでしょうし、ずっとしまっておく者もいるでしょう」

日々の喜びと挑戦《ちょうせん》

「ドクトル先生、ドクトル先生、ぼくの歯を買ってくれない？　ほら、グラグラしてるでしょ」ベネクは先生の前に立って口を開けると、揺れている乳歯を見せました。

「買わないね」先生は素《そ》っ気《け》なく断《ことわ》りました。「君も知っているはずだが、買いとるのは、もう抜《ぬ》けてしまった歯だけだ」

「でも、すぐにも抜けそうだよ……」ベネクはお願いする目でドクトルを見つめました。

「いや、だめだ。特別あつかいはしない。実物が無いと商売にならない。もし、万一、そのまだ抜けていない歯を買ったとしても、抜けたら、君はどこかに失《な》くしてしまうかもしれないし、間違って飲みこんでしまうかもしれない」

「いや、ぼく、そんなことはしないよ！　約束する！　目の中に入れても痛くないように大事にする。だからお願い、買ってください！」ベネクはあきらめませんでした。

「ふむ……目の中に入れても痛くないように大事にする？」ドクトルは笑《え》みをもらしました。「面白い表現だ……」

「お願いします。買ってくれる？」

「何があったのか、正直に話してごらん」ドクトル先生はベネクをじっと見つめました。「何か困《こま》っていることでもあるのかな？」

ベネクはうなずきました。

「大変なことなのかな？」

ベネクはまたうなずきました。今度は自信なげでおずおずとしていました。

「そうか、君は絶望状態にあるんだね」ドクトル先生は少年に穏《おだ》やかな笑顔を向けました。「何があったのか、話してごらん」

「ぼくはフェラから五〇グロシュを借りました。でも今、ぼくは返せません。でも、フェラは返せ、返せとせっついてきます。それで先生がぼくの歯を買ってくれないかと考えました……」

「掌《てのひら》に入れてその歯を持って来てくれたら、わたしは必ず買うだろうね。だが、まだ存在しない商品にお金を支払うというのはねえ」

「それじゃ、どうしたらいいですか？」ベネクの目に涙があふれました。

「分かった、分かった。いちかばちか、その乳歯にお金を払うことにしよう。でもいいかい、わたしはその歯を待っているからね。五〇グロシュははした金ではない。大きなアイスだって買えるし、棒つきキャンデーだって二本も買える額《がく》だ」

「わかってる！　ありがとう！」ベネクはぱっと笑顔を浮かべると、お金を握って借金を返済すべく、駆け出しました。ドクトル先生はにんまりと一人笑いをしました。

編集者コルチャック

窓

コルチャックはそれまでの部屋から別の部屋に引越しました。

「つまり、先生はわたしたちから屋根裏部屋に逃げたのですね！」ステファさんは嫌味《いやみ》を言いました。

「時には一人になりたい、と思うようになったのです。年をとったということでしょうか」コルチャックは青い目を曇《くも》らせ、さびしそうな笑みを浮かべました。

「何を言うのですか」ステファさんは怒《いか》りだしました。「先生は決して年をとったりしていません。だって、あの子たちと同じように元気ではありませんか」外を走りまわる子どもたちを指さし、彼女はコルチャックのコートの襟《えり》をなおしました。

コルチャックは確かに落ち着きと静寂《せいじゃく》を必要としていました。書いた本がベストセラーになり、編集者が次々に新しい仕事を持って来ていました。書き手にとって必要なのは集中と一人になることでした……。

「子どもたちがわたしの部屋に入るのは自由です。今まで通りにね」そうは言ってもコルチャックは部屋を移ったことに責任を感じていました。「静かに遊んだり、小声で話したりするなら、わたしの部屋に好きなだけいてもいいと彼らと約束したよ」

「わかりました、わかりました」ステファさんは手を振りました。「いずれにしろ、子どもたちが先生を一人にしておかないことはわかっていますから」

ドクトル先生の新しい書斎《しょさい》に行くには梯子《はしご》をよじのぼって屋根裏に上がらなければなりません。梯子のわきには幼児たちがおねしょで濡《ぬ》らしたマットが干してあります。ドクトル先生は梯子を上り下りするときにそのマットを裏返しました。新しい書斎にあるのはベッドと机と戸棚と本棚のみ。客用には小さな丸椅子と肘掛椅子《ひじかけいす》とテーブルが用意されました。

「この新しい部屋が気に入ったよ」コルチャックは笑顔を見せました。「窓が三つもあってね。窓台にゼラニウムの鉢《はち》を置いた」

子どもたちはすぐにドクトル先生の新しい部屋に馴染《なじ》みました。〝まるで灯台みたい〟と彼らは言いました。

「どうして先生はドアをノックするの？」ドクトル先生が自分の部屋のドアを開ける前に必ずノックする様子《ようす》を見て、子どもたちは聞きました。「先生の他に誰か住んでるの？」

「そうだよ。小さな同居人《どうきょにん》がいるんだよ。すぐに紹介するからね」ドクトル先生は小声で言うと、そっと部屋に入りました。

「あっ！　スズメだ！」子どもたちは大きな声を出し、すぐに手で口をおさえました。「シーッ！　静かに！」スズメたちは驚いて飛び上がりました。

「びっくりさせないでおくれ。とてもかわいい家族なんだから」ドクトル先生は説明しました。

「毎日ここにやって来るんだよ。わたしは彼らが好きなんだ。君たちに似《に》ているからね」

「わたしたちに？」子どもたちは驚いて言いました。

「そうだよ。一羽なんて、サムエルにそっくりだ。他の鳥を突《つ》き飛ばし、つつき、餌《えさ》を独《ひと》り占めにしようとする。それでも嫌いにはなれないんだ。シラメクにそっくりのもいるよ。いつも遅れて最後に飛んでくる。他の鳥に口元から餌を奪われても、間《ま》が抜けていて、ぽかんと悲しそうに見ているだけだ。もしもスズメにも涙があったなら、あのスズメも泣きだしただろうね。だからわたしはあの鳥には別にこっそりと餌やりをしているよ」

「ぼくたちも餌やりをしてみたいな」

「静かにできるのなら、いいよ」ドクトルは小声で言ったものの、子どもたちが顔をくもらせると、先生は大きな声で歌いだし、いっしょになって遊び始めました。

「わたしはとてつもなく興味深いあることに気がついたよ」ある日、コルチャックはステファさんに告げました。「毎朝、わたしは丸椅子とテーブルと肘掛椅子《ひじかけいす》を窓際から遠い所に並べて置く。それが夕方になるといつも窓際に移動しているのだ。子どもたちがわたしの部屋に入ると、すぐに、断固《だんこ》とした態度で、それらの家具を窓際に移すのを何度か目撃《もくげき》した。時には知らないうちにそうなっていることもあった。わたしは考え……実験してみた。それらの家具が容易《ようい》には窓際に移動できないようにしてみたのだ。窓台には花の鉢や本、雑誌を並べ置いて邪魔《じゃま》をした。どうなったと思う？　何と子どもたちは工夫してそれら邪魔《じゃま》な物を全部避《よ》けたのだ！　開いた窓に近寄れるようにとね。そう、彼らにとって窓の向こうにあるものほど興味をそそられるものはないのだよ。どうしてなのか、面白いだろう？」

小評論

「わたしたちのドクトル先生って、編集者でもあるんだよ」新入生の世話係になったイーダは担当《たんとう》の新入りに説明しました。

「それ、どういう意味？」新入りは聞き返しました。

「新聞に記事を書いているの。ドム・シェロトで出しているわたしたちの新聞にね。マリナ先生のナシュ・ドムの子どもたちが出している新聞にもだよ。わたしだって編集員なんだから。毎日、記事をひとつ書いているよ」

「すごいな！」新入りのユゼクはうらやましそうにイーダを見つめました。

「あんただってなれるよ！」

「おれも！」ユゼクはとまどいました。「どうやって？」

「何かについて文章を書き、それをポストに入れればそれでいいの」

「おおっ！」ユゼクが本物の新聞に自分の名前が載《の》っているのを発見したのはそれから間もなくのことでした。

数日後、ドクトル先生はすべての子どもを前にして驚きの発言をしました。

「新しい定期刊行物《ていきかんこうぶつ》を作ります」子どもたち全員が食堂に集まった時、先生は告げたのです。「子どものための、子どもを守るための週刊誌です。専任の編集員は三人です。一人は禿《は》げ頭で眼鏡《めがね》をかけた年寄り、もう一人は男の子のための記事を担当する若者、もう一人は女の子のための記事を担当する若い女性。誰もが持っている心配事や不安を恥《は》ずかしがらずに大きな声で正直に伝えることができる編集部になるようにと考えました。常勤《じょうきん》の編集員は専用の机と棚を持ちます」

食堂の中に満足げなざわめきが拡《ひろ》がりました。

「字が汚《きたな》かったり文法が苦手で書くことが恥ずかしい者がいても」ドクトル先生は続けました。「それでもだいじょうぶです。文章は校正《こうせい》という作業をしてまちがいを直します。ペンを持って書くことはいやでも口頭《こうとう》で告げたいと思う者には口述筆記《こうじゅつひっき》と言う手段もあります。すべてのニュースは電話で、口頭で、手紙で、口述筆記で、あるいはもちろん自分で書いたものを編集局に持ち込むこともできます。編集に関わった者は、年齢にかかわらず、最年少の者も各テキストに対して謝礼《しゃれい》を受け取ることができます」

子どもたちは手をたたきました。

「いつから始めるのですか？」ユゼクが質問しました。

「すぐにです！」ドクトル先生は笑顔で答えました。「来週の木曜日、希望者は新しい編集局の最初の会議に集まってください。刊行物の名前は『小評論《しょうひょうろん》』です」

数日後、大人向けの刊行物である『わたしたちの評論』にドクトル先生の記事が掲載《けいさい》されました。その中で先生はすべての子どもたちに『小評論』に載《の》せる手紙や記事を書くようにと勧《すす》めました。反響はとても大きく、編集長自身が驚いたほどでした。ワルシャワ市内や近郊《きんこう》に住む多くの子どもたちからも申し込みがありました。その大半の子は記事をすぐに持ち込んだり、送ってよこしたりしました。『小評論』の編集局は『わたしたちの評論』編集局の二つの部屋を使いました。そして最初の編集会議が開かれました。

「みなさん、ようこそ」ドクトルは最初に挨拶《あいさつ》をしました。「それでは子どものための定期刊行物の第一回編集会議を開きます。これまで子ども用の刊行物はいつも大人が書いてきました。大人が書くべきと決めてかかっていました。この度《たび》、わたしたちが発行する刊行物は違います。全部、子どもたちが書き、編集もします。数人の大人が彼らに手を貸すだけです。それでは始めましょう」

続いてドクトル先生は送られてきた記事を紹介しました。

「最初の記事は、ボルシの『ぼくの歯はぐらぐらしている』です。彼はなかなか抜けない自分の乳歯《にゅうし》のことを書いています。〝わたしの近況報告〟欄《らん》に入れるように提案します」

「ドクトル先生、それはちょっと変だと思いませんか?」後ろの方に座っていた年長の子どもが発言しました。「『わたしたちの評論』はまじめな刊行物です。そこには戦争のこと、大惨事《だいさんじ》のこと、大きな事件についての記事が載っています。『小評論』もまたそうあるべきで、ばかばかしい記事を載せるべきではありません。ボルシとかいう子の歯がぐらぐらすることに何か意味があるのですか?」

「君、それは間違っていますよ」ドクトル先生は真剣な顔をして異議《いぎ》を唱《とな》えました。「われわれに関わる問題で意味のないことなんてありません。大惨事の方がボルシの歯よりもどうして重要なのですか?『小評論』にぐらぐらの歯の記事を入れることには大きな意味があります。ボルシは自分の心配事が決して自分だけの心配事ではないことを知るでしょう。自分を理解し、支《ささ》えてくれる雑誌があることを知るでしょう。『小評論』は一人一人の子どもに敬意と理解を示す刊行物なのです。それではボルシの記事を掲載《けいさい》することに賛成の者は?」

全員が手を挙《あ》げました。

「次の記事は九歳のローマンからです」先生は続けました。「良い成績をとったら、おじさんが自転車を買ってくれる約束をしたと書いています。そして良い成績をとりました。ところが自転車はなしです。この文章を〝おじさんよ、お金を蓄《たくわ》えよ！〟という見出しで一面に載せることを提案します。賛成の者は？」

全員が手を挙げました。

「次です」ドクトルは続けました。「七歳のナストゥシからです。衣服を汚さないために、母親が彼に服の上に上っ張りを着て通学するようにと言うのだそうです。友だちは彼のことを〝ひよっこ〟と言って笑います。わたしはこの記事を〝家庭〟欄に必ず載せるべきだと思います。ナストゥシが苦しんでいることを親に知ってもらうためにです。賛成の者は？」

全員が手を挙げました。

それ以来、編集会議は毎週木曜日の午後に開かれました。ドクトル先生はまず編集上の問題を話し、続いて一人一人と短く論じ合い、やがて作り話や笑い話を披露《ひろう》し、時にはその後でゲームやダンスに進むこともありました。さらに会議が終わるとドクトルを先頭に参加者全員がハムとソーセージの専門料理屋に出向くようになりました。従って、時とともに固定通信員、一時的通信員がどんどん増《ふ》えてゆきました。みんなは力を合わせて刊行物を作り上げることに喜びを感じ、先に立って集まり、やがて親交サークル、娯楽サークル、支援サークル、そして作家クラブや発明家のための実験室までできました。

さらにドクトル先生はワルシャワ市内に大きなホールを借りて、編集会議を招集し、数百人の、主に子どもが集まることもありました。編集部には何百通もの手紙も届きました。ドクトル先生はそれら一通一通に丁寧《ていねい》に目を通し、分類整理し、コメントをつけました。『小評論』に百通の手紙を送った通信員は花の絵の記念絵葉書をもらいました。一年間ずっと編集に関わった者は果物の絵葉書をもらいました。年に四回、ワルシャワの最大の映画館では記念絵葉書の所有者のための無料上映会が開かれました。『小評論』が刊行されて三年後、コルチャックは次のように述べています。

固定通信員は三千二百人になった。『小評論』編集部には年に子どもたちから一万通もの手紙が寄せられている。

秘書《ひしょ》

コルチャック先生の小さな部屋はノート、新聞、カード類、メモ類などが山のように積まれ、先生は書類の中に埋《う》もれていました。

「残念ながら記憶力が衰《おとろ》えてきてね、何でも書いておかなければならないのです」先生は言い訳《わけ》をしました。

「そうですね、秘書《ひしょ》に来てもらったらどうでしょうか？」ステファさんは進言しました。「そのうちに先生自身が書類の中に沈んでしまいますよ。執筆者《しっぴつしゃ》に講師《こうし》、編集者に教育者、そして医師……そんなにたくさんの仕事を抱《かか》え込んでいる人がどこにいますか？　頭が狂ってもおかしくありません！」

「わたしの中ではすべてがきちんと整理されていますがね」コルチャックはなおも言い訳をしました。「たとえば、ここには今とりかかっている児童書『魔法使いのカイトゥシ』の概要《がいよう》メモがあり、そっちには男の子たちのなぐり合い回数を示した図表があり、あっちには賭《か》けのメモ、そこには観察ノートがあります」

「どうぞ、どうぞ思いのままになさってください。でも、先生には秘書が必要だとわたしは思いますけどね」ステファさんは首をかしげて言いました。「そうしなければ、先生がここに埋《う》もれてしまいますよ」

人生に偶然《ぐうぜん》はありません。コルチャック先生とステファさんのその会話から間もなく、先生はある若者がずっと続けられる仕事を探していることを知りました。

「一度わたしの所にいらっしゃい」コルチャック先生は伝えました。

そしてある日、クロフマルナ通りのドム・シェロトにイェジ・アブラモフと名乗《なの》る若者が現れ、ヤヌシュ・コルチャック先生のことをたずねました。

「あそこにいるよ。今、賭けの受け付けをしているよ」子どもたちは振り向いて先生を指さしました。

秘書候補の若者は、すばらしい教育者であり、医者であり、作家で編集者でもあるコルチャックについてすでに多くを聞き知っていました。ですから、実際に目にした時の驚きときたら！

〝あの人がコルチャック先生？　まったく普通の、どこにでもいるような人ではないか〟と若者は思いました。

賭けの受け付けをしている部屋の前にはいつものように子どもたちの行列ができていました。イェジ・アブラモフはその最後列に並び、順番を待ちました。

「君は何を賭けるの？」コルチャック先生はノートに目を落としながら聞きました。

「ぼくはあなたの秘書になりたいのです」アブラモフはどう答えてよいかわからず、ぼそぼそと告げました。

先生は顔を上げました。

「ああ、あなたでしたか！」先生は挨拶の手を差し出し、屋根裏の自室に案内しました。「ごらんの通り、ここは書類の山です。整理が必要です」

〝変な人だ〟それがアブラモフのコルチャックに対する第一印象でした。でもすぐに馴《な》れました。その後の二年間、若者は毎日コルチャックの元へ通いました。そして、コルチャック先生が部屋の中を歩き回りながら述《の》べる事をアブラモフは肘掛椅子にすわったまま筆記しました。それは小説であったり、子どもたちの観察記録であったり、あるいは講義や手紙の類《たぐい》で、たくさんの文章量でした。ところがそれをきっちり二時間続けると、コルチャックはさっと止《や》めました。

「子どもたちの所へ行って来ます」そう言って先生は消えました。

〝一日中、子どもたちと過ごし、彼らといっしょに食事をし、いっしょに遊び、学び、まるで先生自身も子どもみたいだ〟アブラモフには理解できませんでした。

ある日、アブラモフはドム・シェロトに現れませんでした。

〝どうしたんだろう？〟コルチャックは心配になりました。〝いつも真面目で、遅刻《ちこく》することなんてなかったのに……確かめなければ〟先生は若者の家に向かいました。

若い秘書はベッドの中にいました。

「病気なのですか？」コルチャックは聞きました。

「そうかもしれません」イェジは答えました。「生きていたくなくなったのです」

コルチャックはアブラモフの様子を観察し、話に耳を傾け、診断を下しました。

「あなたに必要なのは修道院《しゅうどういん》です」

「修道院?!」アブラモフは驚きました。

「そうですね、われわれのドム・シェロトも修道院と同じ効果があります」先生は笑いました。「規則正しい生活、閉鎖《へいさ》された空間、日々、同じことをくり返す務《つと》め。わたしの所で子どもを相手に働きなさい。その代わりに部屋を与え、給料を払います」

「でも、ぼくは子どもたちを相手に何ができるでしょう？　できるのは書くことだけです」

「あなたは何をするのが好きなのですか？」

「ええと……好きなのは……手仕事です。それも自分が楽しむための手仕事です」

「それはすばらしい！　男の子たちに手仕事の喜びを教えてやってください。それがあなたの仕事です。もちろん秘書の仕事も続けてもらいます」コルチャックは意味ありげに咳払《せきばら》いをしました。

イェジ・アブラモフはクロフマルナ通りのドム・シェロトに移ってきました。掲示板には手仕事を学ぶ授業が始まる知らせが張り出されました。最初に申し込みをしたのは四人の男の子でした。そのうちの一人は同じ形の二つの写真入れを作りたいと申し出ました。

「どうして同じ形なの？」アブラモフはいぶかしげにたずねました。

「ひとつは子孫のために。もうひとつは樹木のために。同じものでなければならないんだ。分かる？」

シュロイメは説明しました。

「分からない。ちっとも分からない。子孫だって？　君にはもう子どもがいるのかい？」

他の子たちは笑いました。

「おれには十一人の子孫がいる」シュロイメは真面目《まじめ》に答えました。

イェジ・アブラモフは子どもたちにからかわれているのだと思いました。ところが、そうではありませんでした。シュロイメは説明しました。自分がすでに十四歳になったことを。間もなくドム・シェロトを卒業しなければならないことを。卒業生は記念として写真と絵を残すことになっていて、写真には自分が世話をしたすべての下級生が写っていることを。シュロイメが世話をした生徒は彼にとっては自分の〝子ども〟であり、その子どもたちが世話をした次の生徒たちは自動的にシュロイメの〝孫《まご》〟になることを。だからシュロイメには三人の〝息子〟と四人の〝孫〟と四人の〝ひ孫〟がいて、写真には彼の十一人の子孫が写っているのでした。

「子孫全員に囲まれて椅子にすわっているのが、このおれだよ」シュロイメは誇らしげに写真を見せました。

「わかった」アブラモフは答えました。「それでもうひとつのフレームは？」

「さっき、言っただろ。樹木用だって。そっちは木の絵を入れるフレームなんだ。太い幹《みき》がおれ、そして〝息子たち〟の名前のついた三本の大枝、そして〝孫〟と〝ひ孫〟の名前のついた小枝。さあ、分かっただろ、ふたつのフレームには同じおれの子孫を入れるのさ。だから同じ形にしなければならない」

「良く分かった」イェジは答えました。「それでは同じものを作ろう」

ある日、イェジ・アブラモフは学校に通っていたころに自ら遊んだ海戦ゲームのことを子どもたちに話しました。

「すごい！　ぼくたちもやってみたい！」子どもたちの心に火が点《つ》きました。イェジと子どもたちはゲームに使うパーツ作りを始め、木片を切り抜き、色をぬり、接着しました。大きな板の上には希望と絶望という名の二つの島が現れ、島と島の間には悪魔海峡《あくまかいきょう》が作られました。そして海賊船《かいぞくせん》が入る港も完成しました。灯台を設置し、潜水艇《せんすいてい》や魚雷艇《ぎょらいてい》、そして船首に飾る旗も作りました。誰よりもアブラモフ自身がこの作業に夢中になり、子どもたちが寝静まった後も一人残って作り続けました……

「あら、まだ起きているのですか？」ある時、夜更《よふ》かししているアブラモフはついにステファさんに見つかってしまいました。

「子どもたちのために海戦ゲームを作っています。二隻《せき》の軍艦戦隊にカリブ海に……」

「それって、賭《か》け事《ごと》的な遊びですか？」

アブラモフは笑い出しました。

「そうではありません。知的な遊びです。チェスよりは少し難《むずか》しいかな。あなたもどうぞ」

「いいえ、わたしはいいです。あなたの言葉を信じます。反対はしません。遊んでください。ただ、立派な大人が木を削《けず》って海賊やら軍艦を作っていることにちょっと驚いたのです」

「ぼくの母親も呆《あき》れていました。他の子と違って、わたしは大きくなってもいつまでも兵隊ごっこをして遊んでいましたから」

「ドクトル先生もいまだに積み木遊びが大好きですよ」ステファさんは笑って言いました。「でも今夜はもうベッドに入ってください。遅い時刻ですからね」ステファさんはそう言い残して建物の巡回《じゅんかい》を続けました。彼女は毎晩、子どもたちのベッドとベッドの間を音を立てずに歩き回り、ずれ落ちた毛布を直し、寝息に耳を立て、寝顔をながめては笑みをこぼすのでした。

粘《ねば》り強い少年

「わたしは出かけていいものだろうか……」コルチャックは部屋の中を神経質に歩き回っています。「先生、お出かけください」ステファさんはコルチャックの肩に触《ふ》れようと上げた手を途中で止め、言いました。

「子どもたち、そしてここの仕事をあなたに全部まかせてしまうなんて……」

「わたし一人ですべてこなすわけではありません！　他に職員もいますし、子どもたちも手を貸してくれます。安心してお出かけください」

「『小評論』はアブラモフが引き継《つ》ぐと約束してくれた……」コルチャックは考えをめぐらせました。「あの週刊誌は若い者にやってほしいからね。わたしはもう年をとり、疲《つか》れてしまった」

「ほら、ごらんなさい。それならばますます出かけなければ。老化についてはわたしたち、すでに話し合いましたよね。もう子どもではないのですから、年をとるのは当たり前のことでしょう？」

「子どもなのに老化してしまった者がたくさんいることをわたしは知っていますよ……」

「先生、はぐらかさないでください。わたしたちが話しているのは、そんなことではないです。繰《く》り返します。お出かけ下さい」

「わかりました……あなたがそこまでおっしゃるなら……数週間だけ」コルチャックはぶつぶつとつぶ

やくように言いました。

ステファさんは思わずにやりとしました。彼女は決して強くお願いしたわけではありません。いや、むしろ反対で、心の中ではコルチャックに出かけてほしくないと思っていました。しかしながら、ドクトル先生には休息が欠《か》かせないことも分かっていました。

こうしてコルチャックはメンジェニン（＊ポーランドの東部、ブク川沿いにある避暑地《ひしょち》）に出かけました。今、彼は枝を広げたオークの木と木の間につるしたハンモックに寝そべっています。

「興味深い、実に興味深い」コルチャックは独《ひと》り言を言うと、フランス語のタイトルの分厚《ぶあつ》い本のページをめくりました。

「児童書としては例外的なテーマになるぞ！」そわそわと体を動かし、ハンモックが揺れました。「ルイ・パスツール（＊１８２２〜95年。フランスの化学者、微生物学者．狂犬病のワクチン製造に成功した）のことを書かねばならない。最後まで読み通せる子はほんの少しかもしれない……それでもかまわない。不安を抱えている子、大きなことをやってみたいと夢見ている子、意地を張って勉強したり、仕事をしている子は関心を示すだろう。そう、粘り強く何かをする子……タイトルは『粘り強い少年』だ。さて、すぐにも取りかかろう」コルチャックは笑みを浮かべ、ハンモックから這《は》い出ました。

「わたしも年をとったものだ。体が言うことをきかない」そうつぶやくと館《やかた》の方に目を向けました。館は公園に囲まれた立派な建物で、その周囲には家族とともに夏休みを楽しんでいる子どもたちが駆け回っていました。毎年、この〃ウロチスコ（＊神聖な場所の意）〃という名の館には静寂《せいじゃく》と瞑想《めいそう》と精神的鍛練《たんれん》と菜食主義《さいしょくしゅぎ》を求める人たちが集まって来ていました。

「コルチャック先生、今日は太陽の恵《めぐみ》が余りにも強すぎやしませんか？」この保養所の女主人であるマリヤさんが声をかけてきました。ワンピースを風になびかせ、タオルを手にし、コルチャックのわきを通り過ぎようとしています。「この暑さで、わたし、もう気を失ってしまいそう。川で水浴びをして来ますわ」

「ええ、今日は暑いですね」コルチャックはしわしわの黒いジャケットを直しながら、ぼそぼそと答えました。ジャケットの下からはボタンを留《と》めたシャツがのぞいています。

「あなたもいっしょに涼《りょう》と息抜《いきぬ》きを求めて水浴びにまいりませんこと？　今日、ブク川は穏《おだ》やかで、水はキラキラしていて、気持ちがいいこと間違いなしよ！」マリヤさんは声を出して笑いました。

「そうですね、後にでも」コルチャックはわきの下の厚い本を抱え直しました。「わたしにはすることがいっぱいありますので」

「頭を使いすぎるのは心に良くありません！」マリヤさんは語気を強めました。「宇宙において最も大切なのは調和です。だからこの保養所が生まれたのですよ」女主人は手を動かして周囲を示しました。「ここはわたしたち人間の体を強くするだけではなく、心に癒《いや》しを与えるための場所なのです」

「おっしゃる通りです。息抜きも必要です」コルチャックは額《ひたい》に皺《しわ》をよせました。「でもまずは仕事、次に息抜きです」彼はマリヤさんに好意的な笑みを向けました。しかし、日焼けしたマリヤさんはもう何も言わずに川の方に下って行ってしまいました。

コルチャックは館《やかた》に入りました。公園に囲まれたこの館が神秘的な名称である〝ウロチスコ〟と呼ばれているのは偶然ではありません。コルチャックの部屋は二階にあり、ミシミシと音を立てる曲がりくねった階段を上らなければなりません。コルチャックが最初の段に足をかけた時、押し殺した笑い声に続いてドスンと音がして、まるで風のように何かが手すりに沿って落ちて来ました。落下物は大きな音とともにコルチャックのわきに転《ころ》がり、コルチャックはひっくり返りそうになりました。

「だいじょうぶかね？」ヤヌシュ・コルチャックは膝《ひざ》を撫《な》でている少年に手を差し出し、階段の上に目を向けました。上には赤毛の少年が目を飛び出さんばかりに驚き、口に手を当てて今にも出そうな叫び声を抑《おさ》えています。

「うん」落下した男の子は小声で答えました。「でも、膝が痛い」

「見せてごらん」コルチャックは身をかがめ、男の子の足を曲げたり、伸ばしたりしました。「待っていなさい、膝の中で何が起こっているか耳をすませてみるからね」コルチャックは男の子の膝に耳を当て、あたかも何か興味深い音が聞こえているかのように面白い顔をしました。「君の膝に特別なおまじないをかけよう。ジェムジェレムジェ、ジェムジェレムジェ、だいじょうぶ、すべて順調！　終わった。まだ痛むかね？」

「痛くない！」男の子は顔を輝かせました。

「ところでそっちの君は、いつまでそこに立ってるんだい？」コルチャックは相変わらず階段の天辺《てっぺん》で顔をひきつらせているもう一人の少年に目を向けました。「今度は君が手すりを伝《つた》って降りて来る番だ。ただ気をつけてな。わたしがおさえてあげるから恐《こわ》がらなくていい」コルチャックが笑顔で言うと、少年は恐る恐る慎重に滑《すべ》り降り、ドクトルの腕の中に納《おさ》まりました。

「一体、君たちは何を思いついたんだね？」

「ぼくたち、賭《か》けをしたんだ」コルチャックの温かい視線に勇気づけられて、少年は答えました。

「賭けをした？　何を賭けたんだい？」

「もしぼくが手すりを滑り降りられたら、ステフェクは自分のおやつのクッキーをくれるって」男の子は答えました。

「でも、ぼ……ぼくはズジショが本当に滑り降りるとは思わなかったんだ！」ステフェクはまっすぐにコルチャックの青い目を見つめました。そしてその強い視線に照らされ、うなだれました。

「分かった。君はこの子が本当に滑り降りるとは思わなかったんだね」コルチャックは少年の額の巻き毛をかき上げました。「でも結局は二人とも滑り降りたんだ、だからおあいこだろ？」

「うん。ドクトル先生」ステフェクは一瞬、コルチャックに身を寄せると、恥ずかしそうに顔を赤らめて庭にかけ出しました。「ズジショ、おいで、ボール遊びをしよう！」少年は遠くから男の子を呼びました。

「それじゃ、ぼく、行くね」男の子は出口に向かい、そこでとつぜん振り返りました。

「先生って、いい人だね」男の子は真面目《まじめ》な顔をして言うと、さらにかけ出しました。

コルチャックはにんまりと笑みを浮かべ、手をふりました。〝かわいい腕白小僧《わんぱくこぞう》たちだな〟自分の部屋に入りながら、そう思いました。〝あんな子たちがいるのはいいもんだ〟コルチャックはうなずきながら窓の向こうを見ました。ズジショとステフェクは他の子どもたちと夢中になってボールを追っています。コルチャックは窓を広く開けて、遊んでいる子どもたちの大きな声、笑い声を部屋の中に入れました。

コルチャックは机の前にすわり、窓の向こうから届く声に耳を傾け、しばらく考えました。そしてノートを開きペンをとって書き始めました。

これは童話ではない。本当のお話。

これはつくり話ではない。意地っ張りで何事にも粘り強い少年の本当のお話。

こう始めよう。

貧しい家があった……

窓の向こう

老ドクトル

コルチャック先生はますますいそがしい日々を過ごしていました。少年法廷の専門家として調停《ちょうてい》の仕事にあたり、さらにいくつかの教育機関で講義をし、専門誌を発行し、週に二日はナシュ・ドムの子どもたちと過ごし、日曜日は執筆作業に専念《せんねん》しました。一週間に七日、休むことなく仕事を続け、ステファさんを驚かせ、心配させました。その上、ポーランド・ラジオで子ども番組を放送することになりました。その仕事を喜んで引き受け、番組はすぐに人気を得ました。聴衆の一人はコルチャックのラジオを通しての〝おしゃべり〟がとても好きだと手紙に書いてよこしました。この〝おしゃべり〟という表現がコルチャックの気に入り、番組のタイトルを〝老ドクトルのおしゃべり〟としました。放送時刻になるとポーランド中の家族がラジオの前に集まったものです。ドクトルの〝魔法の声〟は大ぜいの聴衆をとりこにしました。人々を笑わせ、喜ばせ、心を震《ふる》わせ、そして時にはしんみりとさせました。

コルチャック先生は、自分が最も大事だと考えている問題、つまり、子どもに対する大人の接し方を変える方法を絶えず探し求めていました。同時にそれまでやってきた自分の仕事に意味はあるのかについても深く考えるようになりました。一九三〇年代に入ると、ヨーロッパから、祖先が最初に入植したパレスチナへと移住するユダヤ人が多くなりました（＊ユダヤ人を嫌い、追い出そうとする動きが強くなったことが理由）。ステファさんもパレスチナに出かけましたが、疲れはて、ドム・シェロトの子どもたちの所へもどって来ていました。ドクトル先生といっしょに仕事をしていた教師の一人がパレスチナのキブツ（イスラエルに入植した共同体。彼らはそこで家畜を育て、土地を耕し、必要なあらゆる仕事に従事していた）に住みつき、保育士として働いていました。彼女はコルチャックに手紙をよこし、パレスチナに来るようにと勧《すす》めました。

〝わたしも行くべきなのか？〟コルチャックは考えました。というのも、その頃、彼は大きな困難に直面していました。ラジオからはあんなに人気のあった〝老ドクトルのおしゃべり〟が消え、ナシュ・ドムとは絶縁状態となり、ドム・シェロトからも出ていました（＊ドム・シェロトでは助手として働いていた若い教師たちが過激な思想を持つようになり、コルチャックを〝幼稚《ようち》なヒューマニスト〟と決めつけ、非難するようになった。心身ともに疲れはてたコルチャックは一時的にドムを出て姉の住いに身を寄せ、週に二度、ドム・シェロトに通っていた)。まさに新しい道を探していた時でした。そんな時にパレスチナへ行く考えが生まれたのです。

コルチャックはパレスチナに二度、出かけました。一度目は三週間滞在し、二度目はドルナ・ガリラヤにあるアイン・ハロッドのキブツに六週間滞在しました。その地で彼は他の人と分けへだてなく働き、ジャガイモの皮むきをしたり、乳児の世話にあたりました。自らの習性で何よりも周囲の状況を観察し、人と会話を交わし、散歩をし、ノートに記録しました。そしてパレスチナ生まれのユダヤの子どもたちの日焼けした力強さに魅《み》せられました。滞在中、彼は多くの記録を残しています。こんな記録もあります。

ここ、パレスチナでわたしは動物や植物と意思を通じ合わせることができたと信じる。石や星たちとも話し合ってみたい。彼らは言葉少なく、そっと話すけれど、うそはつかない。さて、ワルシャワにもどるとしよう。

恐怖の月々

サムエル、ハイメク、アブラメク、イツァク、そして他に数人の男の子たちがドム・シェロトの庭でサッカーをして遊んでいました。その時、突然、彼らの頭上に飛行機が飛来しました。少年たちは遊びを中断し、空を見上げたその時、ヒューヒューと不吉な音が響き渡り、旋回《せんかい》する飛行機から爆弾が投げ落とされました。

「すぐに建物にもどりなさい!」ドクトル先生は周囲の音を圧《あっ》するほどの大きな声で叫びました。「すぐにクロークルームに入りなさい!」

ステファさんは泣き叫ぶ女の子たちをなだめ、あちこちにいた子どもたちを集めると、防空壕《ぼうくうごう》になっている地下室へと導きました。

「飛行機の音で窓ガラスが割れてしまうわ!」ステファさんは子どもたちを見回しながら不安にかられました。

「しばらくはみんなまとまっていっしょにいよう」食堂のテーブルの下に隠《かく》れて、そこから出ようとしない子どもたちに向かってドクトルは言いました。「戦争が始まったのだよ」

爆弾の音がようやく収《おさ》まるとドクトルはラジオをつけました。

〝ワルシャワに警報《けいほう》!〟ラジオからは何度も同じ言葉が流れました。〝ワルシャワに空襲警報《くうしゅうけいほう》! ドイツ軍がポーランドを攻撃！〟

「食料品を備蓄《びちく》し、窓に紙テープを貼《は》らなければ」何ごともすぐに実践《じっせん》するタイプのステファさんは行動にとりかかりました。

「爆撃が始まったらどう行動すべきか、子どもたちに教えなければならない。今日はみんなパニックになったからね」ドクトル先生は心配そうに額《ひたい》に皺《しわ》を寄せました。「慌《あわ》てないようにするのは可能なことだ」

翌日の早朝、ドクトル先生は学校には登校しないようにと子どもたちに告げました。

「代わりにみんなで戦争ごっこをしよう」ドクトル先生は冗談《じょうだん》を言いました。「さて、それではみんな目を閉じて、口も閉じて、ゆっくりと階段を降ります。目はずっと閉じたままだよ」

子どもたちは行動に集中する練習をし、飛行機がぶんぶん音を立てて飛来すると、無意識に手をつなぎ合い、きちんと整列して落ち着いて階段を降り、地下室に向かいました。開戦直後（＊1939年9月1日、ナチス・ドイツがポーランドに侵攻。第二次世界大戦が始まった）の一週間はひっきりなしに、しかも予想をこえた時間帯に空襲が続きました。

ある日、子どもたちが食堂のテーブルについていた時、突然に次の空襲が始まりました。

「先生は家の前よ！」ステファさんはぎょっとして窓の外を見ました。

子どもたちは叫び声を上げ、テーブルの下に隠れました。地下室に降りようとする者は誰一人いません。爆弾は施設の近くに落ち、建物中が音を立てて揺れました。その時、突然、ドクトル先生が笑顔で

空襲で破壊されたワルシャワの中心部を行く二台の辻馬車。1939年
copyright:Narodowe Archiwum Cyfrowe/nac. gov. pl

食堂にもどって来ました。

「さあ、食事を続けなさい」先生は落ち着いていました。「だいじょうぶだ。ただ、帽子をかぶらずに外に出てはいけないことを肝《きも》に銘《めい》じたよ。この禿《は》げ頭を飛行機から見られてしまった」

そんな落ち着きとユーモアも長くは続きませんでした。砲弾《ほうだん》はドム・シェロトにも投下されるようになり、屋根裏とドクトル先生の部屋がこわされました。

「ドクトル先生、あの焼夷弾《しょういだん》を消火することはできます」かつての生徒で、今はドム・シェロトの職員になったユゼク・シュトクマンは言いました。

「気をつけて見張っていれば、建物を守ることはできます」

「分かった、ユゼク、それでは君をわれわれの防空司令官《ぼうくうしれいかん》に任命しよう」ドクトル先生は言いました。

その日からドクトル先生とユゼク・シュトクマンはドム・シェロトの屋根の上で毎夜、見張りをし、爆弾が投下されると消火に当たりました。

やがてドム・シェロトは施設の住人だけではなく地域の人々の避難所《ひなんじょ》にもなり、ステファさんが施設内に設けた救護室《きゅうごしつ》は地域住民が怪我《けが》をした時の応急処置室となりました。

「再び軍服を着る時が来たな」ドクトル先生はうなずきながら言いました。「動員だ。医師としてわたしはまだ役に立つかもしれない」

それに対してステファさんは無言でした。彼女はすでにひとつの戦争を体験し、一人で子どもたちを守りました。戦争の恐ろしさを知っています。しかし今回、事態はより深刻でした。ワルシャワは炎《ほのお》に包まれています。

〃それにわたしは年をとってしまったわ〃子どもたちを見ながらステファさんは考えました。〃一人ですべてに対処《たいしょ》することはもうできない〃

コルチャックは年齢のせいで軍には受け入れられませんでした。ステファさんが胸をなで下ろしたのもつかの間、新たな心配事が持ち上がりました。コルチャックが軍服姿で爆弾が投下されているワルシャワの通りを歩き回り、けが人や親を失くした子どもたちを集め始めたのです。彼らを見つけ出しては救護所に連れ帰りました。さらにラジオで子どもたちに呼びかけました。目を閉じたまま避難所に行く練習をするように、と。

一九三九年九月二十三日、ポーランド・ラジオから流れていたドクトル先生の声が突然途切《とぎ》れました。ワルシャワの発電所に爆弾が落ち、放送局が壊滅状態《かいめつじょうたい》になったのが原因でした。

ワルシャワじゅうが停電になり、通信機能が停止し、食料品と薬品が不足しました。戦死した兵士は数万人に上り、けが人は増える一方なのに病院は爆撃を受け、患者を受け入れることができませんでした。十月一日、日曜日、ワルシャワにナチス親衛隊《しんえいたい》とドイツ国防軍が入って来ました。さらに市民の逮《たい》捕《ほ》が始まりました。十月五日、水曜日、ワルシャワ中心街の破壊された建物と建物の間、人と馬の死体が転《ころ》がる中を一台の車が厳《おごそ》かに通りぬけました。車の中にいたのはアドルフ・ヒトラー（＊１８８９〜

1945年。ドイツの総統で首相。ナチスの指導者）です。彼は爆撃を受けたワルシャワの街を満足気にながめていました。

ドム・シェロトの旗

ユゼク・シュトクマンが病気になりました。

「肺炎だな」コルチャックは聴診器《ちょうしんき》をはずしながらつぶやきました。

「屋根に上がって焼夷弾《しょういだん》の消火に当たったのが原因だわ」ステファさんは顔をくもらせました。「夜は冷え込むようになったから、風邪《かぜ》をひき、それをこじらせたのね」

コルチャックの懸命《けんめい》な治療にも関わらず、数日後、ユゼクは妻と小さな娘を残して亡くなりました。そしてユダヤ人墓地に埋葬《まいそう》されました。

「ユゼクの魂が安らかであるようにみんなで祈ろう」ドクトル先生は埋葬式《まいそうしき》の時に言いました。「彼はわたしたちの施設を守り、死んでしまった」

しばらく沈黙《ちんもく》が続いた後で、ドクトル先生は再び口を開きました。

「苦しい数週間だった。だが、わたしたちは冷静さを保ち、他人に手を差し伸べながら誇りと勇気を持って耐え忍んだ。わたしは考えた、自分たちの旗《はた》を持つまでにみんなは成長したのではないかと。ドム・シェロトの旗を持つまでにね。その旗がここにあります」先生は一枚の亜麻布《あまぬの》を広げました。旗の表面には緑色の地にダビデの星が刺繍《ししゅう》され、裏面には四葉のクローバーが刺繍されていました。

子どもたちは目をみはりました。

「マチューシ一世王（＊1923年にコルチャックが発表した童話の主人公）は緑色の旗がほしいと夢見たよね！」ラヘラが大きな声で言いました。

「その通り」ドクトル先生はにっこりとほほ笑みました。「緑色は希望と命の色です。さあ、ユゼク・シュトクマンの墓の前でわたしたちの旗に最初の誓《ちか》いをしよう。わたしたちは平和《シャーローム》を求め、仕事《アヴォダー》に精を出し、真理《エメト》を追求して生きることを誓う、とね」ドクトル先生は心をこめて力強く誓いの言葉を述べました。

「ぼくたちも、わたしたちも誓います！」子どもたちはいっせいに声を上げました。

誇り、そして二百人の子どもたち

街頭《がいとう》の拡声器から政府の布告が流されました。〝十二歳以上の全ユダヤ人は右腕に青色のダビデの星のついた白い腕章《わんしょう》をはめること〟という内容でした。

ステファさんは自分用の、ドクトル先生用の、年長の子どもたち用の、そしてドム・シェロトで働くユダヤ人職員用の腕章《わんしょう》を縫《ぬ》い上げました。

「わたしは絶対にはめないよ」いつもポーランド将校服を身に着けているコルチャックはきっぱりと言いました。

「先生、それは理性的行動ではありませんよ！」ステファさんは頭を抱えました。

「はめないと言ったら、わたしははめない！」コルチャックは聞く耳を持ちません。

ステファさんが震《ふる》え上がったのはそのことだけではありませんでした。コルチャックは腕章なしの軍服姿で外出禁止時間を無視してワルシャワの通りを歩き回ったのです。

「子どもたちの食べ物が不足しているこのご時世《じせい》、あらゆる禁止や命令はわたしには関係ない！」コルチャックは叫ぶように言いました。「いつであろうと、どこであろうと、わたしは望む所に出かける」そう言って大きな袋を背負い、裕福なユダヤ人、ポーランド人の家を回って子どもたちのための食料とお金をお願いしました。

「どなたか、わたしの施設の子どもたちのために二トンのジャガイモをゆずってはくれませんか？」コルチャックはたずね回りました。

「あんたに誇《ほこ》りというやつはないのかね？」何度もそんな言葉が返って来ました。

「誇り？」コルチャックは笑いました。「その通り、わたしに誇りはありません。でもわたしには二百人の子どもがいます」コルチャックはそう答えました。

食料品で一杯になった袋を背負い、外出禁止時間帯にドムにもどるコルチャックは夜間パトロール隊に出会うと酔っぱらいのふりをし、大声で歌いながらよろよろと歩きました。

「気が狂ってるぞ」パトロール隊員たちは声を上げて笑いました。

移転

一九四〇年十月二日、占領者の命令によりワルシャワには壁で閉じられた地区が生まれました。ユダヤ人ゲットーです。ワルシャワのユダヤ住民全員がその地区に移転することが義務づけられました。

「ぼくたちもそこに移らなければならないの？」子どもたちは聞きました。

「いや、ドイツ人はわたしたちの移転を望むことはないだろう」ドクトル先生は子どもたちをなだめました。「わたしたちは彼らをおびやかしてなどいないのだから！」

コルチャックの考えは甘かったのです。ドム・シェロトもまたゲットーへの移転命令を受け、ステファさんは子どもたちの荷物をまとめました。コルチャックは移転先の建物に飾る複製の絵とゼラニウムの鉢を寄贈《きぞう》してほしいと親友たちに頼みました。

「準備は出来ました」ステファさんは言いました。「必要な荷造りを終えました」

「引っ越しは子どもたちが自ら望むこととする。彼らはもうそのことを受け入れているからね。だからファンファーレを鳴らし、踊りながら演劇のように行進しよう。子どもたちは歌い、手にはランプや鳥かご、絵、色とりどりのゼラニウム、そしておまるを手にして移転先まで行進する」ドクトル先生は大きな声で言いました。

クロフマルナ通りのドム・シエロトから荷物が積み込まれた馬車とジャガイモを積んだ馬車が出発しました。二人一組に並んだ子どもたちはドクトル先生とステファさんと数人の職員に導かれ、『たとえ嵐が吹き荒れようとも』を歌いながら行進しました。門番のピョトル・ザレフスキと彼の妻もいっしょに歩きました。

「あなたはポーランド人ですからいっしょに行く必要はないですよ」ドクトル先生はザレフスキさんに言いました。

「行く必要はないですと?!」ザレフスキさんはひどく怒りました。「わたしは二十年間、あなたとともに働いてきたのですよ。それが、行く必要はないですと?! 何をおっしゃるのですか。わたしも妻もごいっしょすることに決めたのです。引越し先でも必要とされるでしょうからね」

一行はおおぜいの人々でごった返すゲットーへと向かいました。みんなゆっくりと歩きました。ドクトル先生は子どもたちを見失わないように、手にしている持ち物を失くさないようにと気を配りました。

「ジャガイモを積んだ馬車が見えなくなったぞ！」先生は突然叫びました。「どうしたのか聞いて来る。あなたは子どもたちと他の荷物に注意してください」ドクトル先生は肩越《かたご》しにステファさんに伝えるとドイツ人憲兵《けんぺい》たちの方へ駆けよりました。

「先生、やめてください、行かないでください！」ステファさんは叫びました。しかし、ドクトル先生はすでに道路わきに立って行進を眺《なが》めているドイツ人憲兵の前に進み出ていました。

「施設の子どもたち用のジャガイモを積んだ馬車が消えました」コルチャックはきっぱりとした口調のドイツ語で伝えました。「すぐに返してください」

ドイツ兵たちは声を上げて笑いました。

「あんたは誰だ？」

「ヤヌシュ・コルチャックと申します。本名はヘンリク・ゴールドシュミットです。ドム・シェロトの院長です」

「それはポーランド人の施設か？」憲兵の一人はコルチャックの軍服に目を向けながら聞きました。

「ユダヤ人です」

「それでは腕章はどうした？」

「腕章ははめていません」

ユダヤ人たちが馬車用の車を引き、ドイツ人警官がそれを笑いながら見ている。
ワルシャワ大学広場にて。1941年
copyright:Narodowe Archiwum Cyfrowe/nac. gov. pl

「貴様《きさま》はいかなる法に従って腕章をはめないのか?!」ドイツ兵はわめき、コルチャックの顔をなぐりました。

「人の法であり、神の法です。人の法は一過性のものです。ですからわたしは神の法にだけ従っています。腕章をはめることは人が考え出したことであって神ではありません」

「貴様を逮捕《たいほ》する！」ドイツ兵はコルチャックの腕をつかみました。「パヴィヤク刑務所で神の法に従うがいい」

その間、ステファさんは子どもたちと行進を続けました。ゲットーの入り口でドイツ兵に身分証明書を調べられました。

「お前たちはポーランド人か？」ザレフスキ夫妻の書類に目を通したドイツ兵は聞きました。

「そうです。が、わたしたちは子どもたちやドクトル先生といっしょにゲットーに移ります」門番は答えました。「わたしどもはもう二十年もいっしょに……」ザレフスキさんの言葉は途切《とぎ》れました。

ザレフスキさんはドイツ兵になぐられ、意識を失ってゲットーの入口前で倒れました。一方、子どもたちは職員やステファさんとともにゲットーの中に入りました。

異常な常態《じょうたい》

ドム・シェロトの移転先はフウォドナ通り33番地にあるギムナジウム校舎でした。しかし、その建物は児童施設には全く不向きで、寝室、食堂、教室、作業部屋にする場所のリフォームが必要でした。そのためには多くの労力を割《さ》かなければなりません。さらにドクトル先生は不在でした……

幸い三人のドム・シェロト卒業生が信頼できるユダヤ警察の助けを借りてパヴィヤク刑務所からドクトル先生を出すことに成功しました。

「ドイツ側に面している入り口と窓をふさいでしまおう。子どもたちが目にできるのは反対側だけにしたいからね。子どもたちをドイツ人たちから切り離さなければならない」刑務所からもどり、新しい施設をながめまわすと、ドクトル先生は有無《うむ》を言わせずに断言しました。

「お言葉ですが、子どもたちにこの現実から目を逸《そ》らさせることはできません」ステファさんはそっとつぶやきました。

「見ていてください。うまくゆきますから」ドクトル先生はきっぱりと答えました。

こうしてドクトル先生は仕事にとりかかりました。改《あらた》めて子どもたちの身体測定を始め、当番に配慮し、新聞を発行し、童話を話して聞かせました。子どもたちは学校には通わず、代わりにドクトル先生が施設内で授業ができるように整えました。勉強だけではなく、娯楽サークル、縫《ぬ》い物作業、人形劇場も活動し、演劇公演や様々な講演活動もこの施設で行われました。掲示板には祈りを希望する者たちのリストが張り出されました。ほとんどの子どもが祈ることを希望しました。

「今、この地獄《じごく》のような世界において、子どもたちには一切れの黒パン以上に必要としているものがあります」ドクトル先生は強い口調で主張しました。

「空腹で飢《う》え死にしそうな今、何のためにそれが必要なのか、わたしにはわからなくなる時があります」ステファさんにとっては日常の食べ物の方がより深刻な問題だったのです。

「ある者のために生きるという明確な目的があれば、人間はそう簡単には負けないものです」ドクトル先生はそう言うと、子どもたちの食料を手に入れるために走りまわりました。袋を背負い、配給だけでは足りない食べ物を手に入れるために歩き回りました。時には相手に文句を言ったり、非難したり、必要とあれば馬鹿な真似をして笑いものになったりすることも平気でした。

夜になるとドクトル先生は子どもたちの寝室で童話を話して聞かせました。それは『長靴をはいたネコ』であったり、子どもたちの一番のお気に入りである『マチューシ一世王』でした。

マチューシにとって刑務所での生活は何と辛《つら》かったことか。狭いことが何よりも辛かった。狭くて退屈だった。もし、誰かが刑務所に入れられて、銃殺が予定されていたならば、退屈するどころではなかっただろう。マチューシは無人島に送られることになっていた……

更《さら》なる移転

一九四一年十月、ドイツはゲットー地区をさらに縮小《しゅくしょう》しました。一層狭い区域に四十五万人のユダヤ住民が押し込まれました。ドム・シェロトの子どもたち、ドクトル先生、ステファさん、そして教師たちはシリスカ通りの建物に引越さなければなりませんでした。食料の割り当ても減らされました。一カ月の食料配給券で買うことができるのは、四回の分割払いで五塊のパンと、三スプーンの砂糖、玉子一個に、時にカブ、酢漬《すづ》けキャベツ、石鹸《せっけん》でした。人々は代用食としてジャガイモの皮のスープを作り、アカザなどの野草やダイコンを食べました。ゲットーに出入りできるのは通行証を持った者に限られ、自らのため、家族のために衣服の下にパンや数個のタマネギ、ジャガイモを隠して持ち込む者もいました。中には多量の食料を不法に密輸する者も現れました。それは非常に危険な行為で、ゲットーの出入り口で見張りをしているドイツ兵に見つかると、すぐに射殺《しゃさつ》されました。一般のポーランド人はゲットーの中の様子を知っていました。中には危険を覚悟《かくご》でゲットー内に食料を投げ込んでくれるポーランド人もいました。ユダヤの人々は食料不足と寒さと病気で次々に亡くなりました。コルチャックは子どもたちの食料の確保に非常に苦労しましたが、子どもを密輸に利用する者に対しては憤《いきどお》りを隠しませ

今も残っているワルシャワ・ゲットーの壁の一部（撮影：田子歓也）

んでした。それにも関わらず当時、最良の食料密輸者は子どもたちだったのです。何しろ、小柄《こがら》で敏捷《びんしょう》ですから壁に開いた穴や掘った通路からかんたんに抜け出すことができました。コートの内側に大きなポケットを縫い付けそこに品物をつめこんだのです。家族の命を守る主役は子どもたちが引き受けていました。

コルチャックは必死になって生活環境の改善に取り組みました。それは自分の施設の子どもたちのためだけではありません。彼は決然とした態度で妥協《だきょう》を許さずに闘いました。子どもたちを守るためなら、ナチス協力者に助けを求めたり、法的には問題のないことをした者を責めたてたりすることもありました。

「みんなわたしを憎むがいい！」コルチャックは大声を上げました。「しかしながら、子どもたちから肝油《かんゆ》や砂糖、卵をくすね取る権利は誰にも無いぞ！」

ジェルナ通りにひとつの大きな児童施設がありました。そこの子どもたちは飢え、病気、寒さに苦しんでいましたが、職員たちは成《な》す術《すべ》を知らず、なんの努力もしませんでした。そこでコルチャックは次のような申請書を提出しました。


ジェルナ通りの児童施設にわたしを雇《やと》ってください。使用人用の住いと一日二回の食事をお願いします。小さな住まいとみんなと同じ食事です。でもそれがなくても構《かま》いません。


申請は受け入れられ、コルチャックは毎日、シリスカ通りのドム・シェロトからジェルナ通りの児童施設に通いました、そこでも子どもたちの身体測定を行い、病気の治療に当たり、そこの職員と口論しました。

「あそこは子どもが生活する場所ではない」コルチャックはステファさんに告げました。「死体の仮置き場だ。暖房もなければ、明かりもなく、着る物も食料も薬品も、あらゆるものが不足している。テーブルかけにしていたラシャ布で毛布を二枚作り、国旗を上着にリフォームした。しもやけ、できもの、下痢《げり》、チフス、疥癬《かいせん》がはびこっている。何にも増して飢《う》えが問題だ」

「わたしたちの子どもたちは同じ地獄にあってもまだましなほうなのですね」ステファさんは目に大き

な驚きの表情を浮かべました。

「でもね、あそこの子どもたちもまた童話が大好きだ。それはドム・シェロトの子どもたちと同じなのだよ」コルチャックは寂《さび》しそうに笑いました。

夢と現実

コルチャックは朝、床から起き上がるのが辛《つら》くなり、体調は悪化していました。胸に水がたまり、心臓に痛みを感じ、足はむくみ、肩にはひどいおできができていました。

「咳《せき》をすることも大変な仕事であることがわかったよ。服を着たり、歩いたり、呼吸したりするのと同じようにね……初めて子どもたちの体重測定に関心が持てなくなった」そう言いながらもコルチャックは子どもたちの身体測定を続け、ノートに記録しました。

「また体重減少だ。食料集めにでかけなくては」ドクトルはつぶやきました。

「先生」ステファさんが言いました。「マリナ・ファルスカさんがあなたをゲットーから出し、アーリア人側（＊ナチスはドイツを構成するゲルマン民族をアーリア人種とし、非アーリア人のユダヤ人を虐殺《ぎゃくさつ》する理由とした）に匿《かくま》ってはどうかと言ってます」

「とんでもない」コルチャックはきっぱりとはねつけました。

「どうしてですか？」

「とんでもないから、とんでもないのだ」

「でも、先生にとってはチャンスですよ……」

「ステファさん」コルチャックの口調はきつくなりました。「わたしにはいかなるチャンスも必要ありません！　戦争が終わるまで生きながらえる義務はありません。脱走兵として生きながらえることをわたしは望んではいません」

「先生、もう一度だけ考えてみてください。先生には生き延《の》びてほしいのです……」

「やめなさい！」コルチャックは腹を立てました。「あなたは子どもたちを残して自分だけ生き延びたいですか？」

「いいえ」ステファさんは静かに答え、口をつぐみました。

数日後、コルチャックはマリナ・ファルスカさんに会いました。

「あなたをゲットーから出すためのあらゆる書類をそろえました」

「必要ありません」コルチャックはきっぱりと断りました。

「なぜですか？」

「子どもたちをどうするのですか？　職員や教師たちは？　彼らもすべてゲットーから出して、匿《かくま》ってくれるのですか?」

「残念ながら、それはできません」ファルスカはつぶやくように答えました。「それは不可能です。でも先生はだいじょうぶです」

「マリナさん、それは幻想《げんそう》ですよ。アーリア人(*ここではポーランド人を意味している)が住む側だって地獄です。通りの角ではドイツ兵が人狩りをし、ゲシュタポに連行しています。家のドアを破って家に押し入り、少女、少年、高齢者、母子を連れ出しています。壁の前に立たせ、銃殺しています。それが現実ではないのですか?」

「現実です。しかし……」

「もう何も言わないでください。せめてあなただけはわたしを理解していると思っていましたよ」

夜、就寝前にドクトル先生はいつものように子どもたちに童話を話して聞かせました。子どもたちが寝入ると、彼は病気の子どもたちを隔離している部屋に横になりました。そして考えました。今、食べたい物のことを。

〝マグジャおばさんの菜園のキイチゴ、フラキ(*臓物料理)、蕎麦《そば》がゆ、ツィナドリ(*動物の腎臓料理)……それからタタールソースをかけた魚料理、ウィーン風カツレツ、パイ料理、赤キャベツを添《そ》えたウサギ肉のソテー、シャンパーニュワイン、アイスクリームとビスケット。いや、いい。絶対にいらない。なぜ? 食べることも仕事だから。わたしはもう疲れた〟

郵便局

夏になりました。ドム・シェロトの窓台のゼラニウムは深紅色の花をつけました。そのゼラニウムに丁寧《ていねい》に水やりをしていた時、コルチャックは開け放たれた窓越しに通りの向こう側に立つドイツ兵と目が合いました。

〝わたしの禿《は》げ頭を見ただろうな……ライフル銃を手にしている。いい標的になるだろう〟コルチャックは思いました。〝あの兵士が落ち着いて立ちつくし、こっちを見ているのはなぜだろう？　もしや、動員される前は田舎《いなか》の教師だったのだろうか？　それとも公証人《こうしょうにん》、あるいは通りの清掃員だったのだろうか？　わたしがうなずいて見せたら、どんな行動に出るだろう？　親しげに手を振ったら、どんな反応が返ってくるだろう？　もしかして彼は遠くからやって来たばかりで、ここの状況を良く理解していないのかもしれない……〟

「先生」ステファさんが入って来て、コルチャックの物思いは中断されました。「公演の招待状を作らねばなりません」

「ああ、あなたがそれを思い出させてくれて良かった」コルチャックはじょうろを窓台の上に置きました。「すぐにも取りかかるとしよう。立派な芝居になることだろう。だから、それなりの招待状をつくらねばならない」ドクトル先生は笑顔を見せました。

わたしたちは確信の持てないことを軽々しく約束したりはしません。しかしながら、哲学者にして詩人が作った美しい童話が〝最大級〟の感動を与えてくれることは確かです。それ故《ゆえ》、一九四二年七月十八日、土曜日、わたしたちの公演にご招待します。開演は午後四時三十分です。

ドム・シェロト院長
ゴールドシュミット、コルチャック

公演を準備したのはドム・シェロトの子どもたちでした。彼らに手を貸し、演出を担当したのは若き教師のエステルカ嬢でした。そして作品、つまりインドの詩人にして哲学者（＊タゴール　1861～1941年）の戯曲『郵便局』を選んだのはヤヌシュ・コルチャックです。それは医者に外出を禁じられたアマル少年の物語でした。少年の唯一の慰《なぐさ》めは窓の向こうに広がる世界を観察することでした。少年はできることなら病室を出て誰にも知られない道を通り、山や川辺に逃げ出して花々を愛で、小鳥のさえずりに耳を傾けたかったのです。リスと戯《たわむ》れ、いっしょになってクルミの殻《から》をむきたかったのです。

でもベッドに横になっていなければなりませんでした。たった一つの希望は王様からの手紙です。その手紙だけが解放をもたらしてくれるのです。アマルは今か、今かと手紙を待ちました。そしてついには待ちくたびれて眠ってしまいました。

「どうしてあなたはこの戯曲を選んだのですか？」ある人がコルチャックにたずねました。

「アマルを解放した死の天使がやってくるのを、ここの子どもたちも自分のこととしてとらえるように、アマルと同じように待ち受けるように、と願ったからです」

窓の向こう

「何か良くないことが起こっているようですよ」ステファさんは窓の外に目を向けながら言いました。「通りで怒鳴《どな》り声や叫び声がしています……」

「ドイツ人がユダヤ人のゲットーへの出入りを禁じ、人々を連れ出している！」卒業生のヘニェクがドム・シェロトに慌《あわ》てて駆け込んで来ました。

「彼らは児童施設には手を出さないと約束したよ」ドクトル先生はヘニェクを落ち着かせました。「ここはだいじょうぶなはずだ」

不穏な情報は翌日も翌々日も続きました。ドイツ兵が日に数千人の人々を連れ出していると言うのです。「労働させるために東部方面に連行しているのだろう」ドクトル先生は言いました。「最悪、わたしたちもまた連れ出されたとしても、何とかいっしょに持ちこたえよう。恐らく、このゲットーより悪い地獄なんてないだろうからね」

ゲットーには別の情報ももたらされました。どこへともなく貨車が向かっていると……しかし、毎日毎日、車両につめ込まれた数千の人々がどこへ向かい、どうなったのか、真実のほどは誰も知りませんでした。

一九四二年八月五日水曜日の朝はいつもどおりに始まりました。暑い一日になりそうでした。子どもたちは起床し、洗顔し、食堂で麦コーヒーに黒パンの粗末《そまつ》な朝食を食べ始めました。その時です。窓の外でドイツ人憲兵の怒鳴《どな》り声と呼び笛がピューと響きました。

「ユダヤ人は全員、外に出ろ！」

ドクトル先生は立ち上がり、何が起こっているのかを見るために外に出ました。彼はすぐに戻ると、朝食を中断し、外出着に着替えるようにと子どもたちに言いました。ステファさんはドクトルに目を向け、やがて無言で子どもたち、そして自分たちの外出の支度《したく》を始めました。食べ残しのパンを包み、水を携《たずさ》え、子どもたちには一番良い服に着替えて二人ずつ並ぶようにと告げました。コルチャックはドム・シェロトの旗を取り出し、最年少の子どもの手をとると行進の最前列に立ちました。ステファさんは年長の子どもたちとともに最後列に立ち、歩き出しました。いくつもの通りを過ぎ、スタフキ通りのウムシュラクプラッツ（＊鉄道引き込み線のある積み替え場）に到着しました。そこでは何千もの人々が貨車の戸が開くのを待っていました。真夏の太陽が照りつける中、周囲には叫び声、泣き声が響き渡っていました。人間の選別と別れが続き、ついに人の群れが波立ちました。列を作って立っていた子どもたちはドクトル先生に導《みちび》かれ、貨車に向かう行列に加わりました。

「コルチャックの孤児院、積み込み完了」整理に当たっていた一人の兵士が上官に報告しました。

貨車のドアは閉じられ、封印《ふういん》されました。狭く、蒸《む》し暑く、息苦しい貨車の中。ドクトル先生は子どもたちの手を次々にとり、少しでも呼吸が楽になるようにと格子《こうし》入りの小さな窓へと導きました。

貨車は動き出しました。

「みんな、王様からの手紙を待っていたアマルのことをおぼえているかい？」ドクトル先生が聞くと、こどもたちはうなずきました。

「その手紙がアマルを解放してくれるんだよね。わたしたちもその手紙を待つとしよう。もしかしたら、もうすぐ届くかもしれないだろう？」

窓の向こうには雲ひとつない八月の空が広がっていました。

訳者あとがき

一九四二年一月、ナチス幹部はベルリンの西部にあるヴァンゼーで会議を開き、ヨーロッパにおける「ユダヤ人問題の最終解決」を決定しました。それはユダヤ人をアウシュヴィッツ、マイダネク、トレブリンカなどの絶滅収容所《ぜつめつしゅうようじょ》に送り、殺害《さつがい》することを意味していました。同年七月二十二日、ワルシャワ・ゲットーは武装警官隊によって包囲《ほうい》され、ユダヤ住民の絶滅収容所への強制移送行動が始まりました。

ナチスにとって児童施設の子どもたちは無害な存在であるからして、強制移送はないだろうと楽観的に考えていたヤヌシュ・コルチャックの意に反し、八月五日の朝、ドム・シェロトの建物もまたドイツ人憲兵に包囲されました。二百人の子どもたち、コルチャック先生、ステファさん、そして職員はゲットーから徒歩で鉄道引き込み線のあるウムシュラクプラッツへと追いやられ、そこからは家畜用の貨車でトレブリンカ絶滅収容所へと運ばれれました。

トレブリンカ絶滅収容所はワルシャワの北東およそ八〇キロメートルの地に一九四二年半ばに設置されました。最初の輸送者となったのがワルシャワ・ゲットーからのユダヤ人です。その後、ヨーロッパ各国、そしてソ連からもユダヤ人、そしてロマと呼ばれるジプシーの人々が運ばれてきました。トレブリンカで殺害されたのはユダヤ人とロマを合わせて八〇万人以上にのぼるといわれています。

真夏の太陽が照りつけたその日、ウムシュラクプラッツに向かって歩く二百人の子どもたち、コルチャック先生、ステファさんを目撃した人たちがいました。彼らの証言によれば、ドム・シェロトの列の先頭に立っていたのは幼い子どもを抱え、もう一方の手であどけない子の手を引くコルチャック先生でした。ステファさんは二番目のグループの先頭を歩き、子どもたちはどの子もこざっぱりとした服装で、泣いたり叫んだりする子はいなかったといいます。それは死地へとおもむく行進ではなく、野蛮な占領者に対する抗議行動のように見えたといいます。

ユダヤの民の受難の歴史はナチスの時代に始まったことではありません。紀元後七〇年、ユダヤ人はローマ軍によってパレスチナから追い出され、散り散りになりました。そして一二世紀、十字軍の迫害を逃れたユダヤ人が主にドイツ、チェコからポーランドのシロンスク地方に住み着くようになり、一四世紀半ばまでに少なくとも三五の町にユダヤ人集落が作られました。一五、一六世紀になると中央ヨーロッパに住むユダヤ人だけではなく、スペインやポルトガルを追われたユダヤ人もポーランドにやって来て住み着きました。

ユダヤ人がポーランドに定住するようになった大きな理由は二つあるといわれています。ひとつは、中世の西ヨーロッパでペストが大流行した時、ユダヤ人はその原因をなすりつけられ、迫害《はくがい》されました。その時、ポーランドはユダヤ人の安全を保障し、ユダヤ人にとっての避難《ひなん》場所となりました。二つ目は経済的な理由で、ポーランドではユダヤ人を国の開拓者《かいたくしゃ》、都市の建設者として必要とし、彼らは商業、特に造幣《ぞうへい》の分野で活躍したのです。

第一次世界大戦終結から第二次世界大戦が始まるまでの二十年余り、ポーランドのユダヤ人はキリスト教徒側との様々な問題を抱えながらも、政治、経済、文化のあらゆる領域で大きな役割を果たしました。それに伴ってユダヤ人口も増え、第二次大戦勃発直前のポーランドのユダヤ人口は総人口の約一〇パーセントにあたる三百三十五万人余りでした。しかし戦争を生き延びたのはわずか四万人程度でした。戦後の混乱がようやく落ち着きを見せた頃、世界中でヤヌシュ・コルチャックの活動がしのばれるようになりました。それは子どもたちを見捨てることなく、ともに死地《しち》へと向かった行動に対する称賛だけではなく、教育者、作家、医師として残した彼の優れた業績から生まれたものでした。

子どもを養育する上でヤヌシュ・コルチャックが最も重視したのは、自由な雰囲気の中で子ども自身が自治によって自らを律すること、知識のつめこみを第一とするのではなく、個性を伸ばすこと、子どもの好奇心を大事にし、失敗と涙を温かく見守り、尊重することでした。コルチャックがそんな考えに行き着いたのはヘーニョと呼ばれていた自身の子ども時代の体験が大きく影響していると思われます。ヘーニョは貧しい子どもたちと一緒に外を駆け回りたかったし、大人の前であっても自分の思いや考えを堂々と主張し、行動したかったのです。

〝子どもは未来ではなく、ありのままの今を生きる人間であり、大人から対等の人間として敬意を持って接してもらう権利を持っている〟ヤヌシュ・コルチャックのこの養育理念は一九八九年十一月二十日、第四十四回国連総会において採択された「子どもの権利条約」に反映されました。この条約を提案したのはコルチャックの祖国であり、第二次世界大戦で大勢の子どもたちの命が奪われた国、ポーランドです。

世界中に新型コロナウイルスの感染が拡大した二〇二〇年、二一年、多くの子どもたちがそのしわ寄せを受け、苦しい状況下に置かれています。子どもたちの権利が踏みにじられることのないように何をしなければならないのか、今こそヤヌシュ・コルチャックの活動と思想を振り返り、みんなで考え、行動しなければなりません。窓の向こうに広がる光景は子どもたちにとって大事なものです。たとえ、目の前の通りから銃を持った兵士がこちらをにらんでいても、その向こうには太陽が輝く青くて広い空があります。コルチャックはそんな光景を子どもたちに与えたかったのです。

ヤヌシュ・コルチャックの伝記を日本語に翻訳しながら、わたしは二〇一九年十二月にアフガニスタンで銃撃されて亡くなった中村哲さんのことを何度も思い返しました。中村哲さんはペシャワール会（アフガニスタンで医療・農業支援に取り組んでいる福岡市のNGO）現地代表としてアフガニスタン東部で医療活動に従事するとともに農業用水路建設などの人道支援に当たっていました。ヤヌシュ・コルチャックと中村哲さんには医師として働きながら自ら社会活動や執筆活動に汗を流したという共通点があります。暗いニュースや権力者の無責任な言動が多い中、この二人のように自分の利益ではなく、みんなの幸せのために行動した人間が実在したことを思うと、勇気がわいてきます。

出版にあたり、ポーランド広報文化センターのマリア・ジュラフスカ所長、文化担当のヤロスワフ・ヴァチンスキ氏に助成の件で大変お世話になりました。ありがとうございました。またヤヌシュ・コルチャック関連の写真については日本ヤヌシュ・コルチャック協会の会員でヤヌシュ・コルチャック研究の第一人者でいらっしゃる塚本智宏さんからご支援を得ました。また戦時中のワルシャワの街の写真入手にあたっては、ワルシャワ在住のジャーナリスト、マレク・ザレイスキさんの手をわずらわせました。お二人に深く感謝申し上げます。

最後に石風社の福元満治さんは、なみなみならぬ熱意と粘り強さを持ってこの作品の日本での出版にあたってくださいました。心より感謝し、お礼を申し上げます。

なお、本文中で括弧《かっこ》に＊を付けて説明した文章は訳者注であることをお断りしておきます。

厳寒と大雪続きだった冬を終え、春へと向かう二〇二一年三月、岩手県金ケ崎町にて

田村和子

＊ヤヌシュ・コルチャック（ヘンリク・ゴールドシュミット）略年表

年代	年齢	
一八七八（あるいは七九）	〇	ロシヤ占領下のポーランド王国の首都ワルシャワに生まれる。
一八九六	一八	父親が病死。週刊誌「コルツェ」に初めての記事が載る。
一八九八	二〇	ワルシャワ大学医学部に入学。戯曲コンクールに応募した「どの道を通って」が入選。
一九〇五	二七	大学を卒業し、小児科医師としてワルシャワの子ども病院で働き始める。軍医として日露戦争に従軍。
一九〇七	二九	ボランティア教師としてサマーキャンプに参加。
一九一二	三四	ユダヤ人孤児施設〝ドム・シェロト〟の院長になる。
一九一四	三六	ロシヤ軍の軍医として第一次世界大戦に従軍。
一九一五	三七	キエフでマリナ・ファルスカが運営していた少年施設を訪問。
一九一九	四一	教育書「いかに子どもを愛するか」を出版。マリナ・ファルスカが院長になった〝ナシュ・ドム〟の運営に加わる。
一九二〇	四二	母親がチフスで亡くなる。
一九二二	四四	「神と差し向かいで—祈らぬ者の祈祷書」を出版。
一九二三	四五	童話「マチューシ一世王」を出版。
一九二六	四八	子どもたちとともに「小評論」を刊行。
一九三四	五六	パレスチナに数週間滞在。子どものためのラジオ番組「老ドクトルのおしゃべり」を担当し、人気を得る。
一九三五	五七	童話「魔法使いのカイトゥシ」を出版。

一九三六	五八	パレスチナを再訪。
一九三八	六〇	ルイ・パスツールの伝記「粘り強い少年」を出版。
一九三九	六一	九月一日、ドイツがポーランドに攻め込み、第二次世界大戦が始まる。ワルシャワは連日、空襲を受ける。
一九四〇	六二	ドム・シェロトは強制的にゲットー（ユダヤ人居住区）に移転させられる。
一九四一	六三	ゲットーの縮小に伴い、ドム・シェロトは再び移転。
一九四二	六四	ドム・シェロトの子どもたちがタゴールの「郵便局」を上演。八月五日、ドム・シェロトの二百人の子どもたち、コルチャック、ステファ、そして施設職員は鉄道の引き込み線のあるウムシュラクプラッツまで歩かされ、そこから貨車でトレブリンカ絶滅収容所に送られる。

アンナ・チェルヴィンスカ-リデル（Anna Czerwińska-Rydel）

ポーランド北部のバルト海に面した港町グダンスクに生まれる。

音楽、歴史、社会をテーマにした子ども・若者向けの本を執筆し、シリーズで偉人伝を書いている。グダンスク出身の優れた男性３人、女性３人について書いた『グダンスク三部作』IおよびIIの作者。音楽家、教育者としても活躍。ポーランド作家協会およびIBBYポーランド支部の会員。

作品は多くの賞を受け、中でも『Wszystko gra(すべてが音を奏でている)』はボローニャ国際絵本原画展ノンフィクション部門で「ラガッツィ賞」を受賞（2012年）、ドイツヤングアダルト文学賞にノミネートされ（2014年）、児童書ミュージアムの宝物リストおよびIBBYオナーリストに記載された。

グダンスク在住。

田村 和子（タムラ・カズコ）

札幌市生まれ。1979年より一年間、夫と子どもとともにポーランドのクラクフ市で生活。帰国後、東京でポーランド語を学ぶ。その後、東京外国語大学とクラクフ教育大学の研究生としてポーランドの児童文学を研究。現在、主に若者向けの小説を翻訳している。主な訳書に『金曜日うまれの子』（岩波書店）、『ノエルカ』、『竜の年』（以上、未知谷）、『強制収容所のバイオリニスト』（新日本出版社）、『ブルムカの日記』（石風社）、主な著書に『クラクフのユダヤ人』（草の根出版会）、『ワルシャワの日本人形』（岩波ジュニア新書）、『ポーランド・ポズナンの少女たち』（未知谷）がある。

岩手県金ケ崎町在住。

窓の向こう
——ドクトル・コルチャックの生涯

二〇二一年五月三十日初版第一刷発行

著者 アンナ・チェルヴィンスカ-リデル
翻訳者 田村和子
発行者 福元満治
発行所 石風社
福岡市中央区渡辺通二—三—二十四
電話 〇九二（七一四）四八三八
FAX 〇九二（七二五）三四四〇
http://sekifusha.com/

印刷製本 シナノパブリッシングプレス

価格はカバーに表示しています。
落丁、乱丁本はおとりかえします。
ISBN978-4-88344-301-7 C8098